KB199221

사과는
잘해요

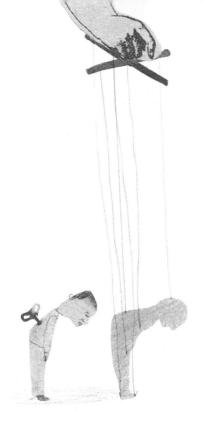

사과는
잘해요

이기호 장편소설

현대문학

# 목차

제1장 │ 죄를 찾다

# 제2장 | 죄를 만들다

# 제3장 | 죄를 키우다

제1장

죄를 찾다

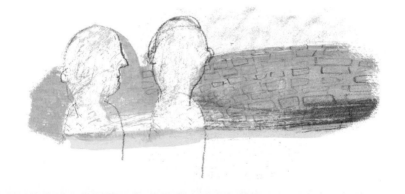

# 1. 시설의 기둥들

시봉과 나는 시설에서 처음 만났다. 내가 그곳에 먼저 있었고, 시봉이 1주일 뒤에 들어왔다. 우리는 계속 같은 방을 썼다. 몇 년 동안 그곳에서 함께 지냈는지, 시봉과 나는 정확히 알지 못한다. 기억을 못하기 때문이다. 내 키가 그곳에서 6센티미터 자란 것은 알고 있다. 시봉은 몸무게가 8킬로그램 늘었다. 시봉은 얼마 전 84킬로그램이 되었다. 시봉은 시설에서 몸무게가 늘어난 유일한 사람이었다. 복지사들은 늘 그것에 대해 감사하라고 말했다. 우리의 키가 자라나고, 우리의 몸무게가 늘어난 것은 모두 자신들이 준 알약 때문이라는 말도 덧붙였다. 시봉과 나는 시설에서 꼬박꼬박 네 알의 알약을 아침저녁으로 받아먹었다. 처음 알약을 받아먹었을 땐, 속이 좋지 않고 시소 위를 걷는 것처럼 어지러웠으나, 지금은 알약을 먹지 않으면 어지럽다. 그래서 시봉과 나는 늘 알약 먹는 시간을 기다렸다. 복지사들이 저벽저벅 알약을 들고 방문 앞에 서면, 뒤꿈치를 들고 달려가 무릎을 꿇고 두 손을 내밀었다. 알약은 한 번도 목구멍에 걸리는 법 없이, 감쪽같이 몸 안으로 사라졌다.

알약을 먹지 않는 시간엔 양말을 포장하거나, 비누에 상표를 붙이는 일을 했다. 양말 상자에는 시설원생 전원이 함께 찍은 사진을 붙이기도 했다. 시봉과 나는 맨 뒷줄 양쪽 끝에 각각 부동자세를 한 채 사진을 찍었다. 시봉과 나는 그 사진이 마음에 들었다. 마치 우리가 시설의 기둥들처럼 보였기 때문이었다. 시봉과 나는 몸이 아플 때마다 그 사진을 꺼내 보았다. 그리고 다시 양말에 비닐을 씌웠다. 사진 덕분인지 양말은 잘 팔려나갔다.

시설에 문제가 생긴 것은 우리 방에 새로 구레나룻 아저씨가 들어오고 난 뒤부터였다. 아저씨는 늘 알약을 입 속에 집어넣었다가 복지사들이 사라진 뒤 다시 게워냈다. 아저씨는 자신이 아프지 않다고 말했다. 자신은 단지 기차역 광장에서 잠들었을 뿐인데, 깨고 보니 시설이라고 했다. 시봉도 기차역 앞 광장에서 승합차를 탔는데, 도착해보니 시설이라고 말했다. 나는 아무 말도 하지 않았다.

"그것 봐, 젊은이들도 멀쩡한데 여기 갇혀 있는 거라니까. 어서 빨리 여길 탈출해야 해. 약을 먹어선 안 된다구!"

구레나룻 아저씨는 목소리를 낮춰 말했다. 시봉과 나는 잠깐 서로의 얼굴을 바라보았다. 아저씨도 우릴 바라보았다.

"하지만 아저씨, 우린 시설의 기둥들인걸요."

시봉이 아저씨를 따라 낮은 목소리로 말했다. 나는 가만히 고개만 끄덕였다. 아저씨는 한동안 말없이 우리를 바라보기만 했다. 그러곤 벽 쪽으로 돌아누웠다. 그 후로 아저씨는 우리에게 단 한 마디의 말도 걸지 않았다.

아저씨는 매일매일 작업장에서 양말 상자 종잇조각을 주워 와 그곳에 글씨를 썼다.

'우리는 갇혀 있습니다. 이 쪽지를 발견하시는 분은 경찰에 신고해주십시오. 후사하겠습니다.'

아저씨는 종잇조각 끝에 항상 자신의 이름을 써넣었다. 아저씨는 종잇조각 뒷면에 밥알을 이긴 후, 그것을 다시 돌멩이에 붙였다. 그리고 아침 청소 시간마다 그것을 담장 밖으로 던지곤 했다.

밤늦게까지 글씨를 쓰는 아저씨가 안쓰러워, 시봉과 나도 돕기로 했다. 우리는 양말 상자를 커다란 박스에 넣기 전, 메모를 써 넣었다.

'우리는 갇혀 있습니다. 이 쪽지를 발견하시는 분은 경찰에 신고해주십시오. 같은 방 아저씨가 후사하겠다고 합니다.'

우리는 양말 상자 안쪽에 그렇게 메모했다. 그리고 그 끝에 항상 '시설의 기둥들'이라는 말을 덧붙였다. 구레나룻 아저씨가 부담스러워할 것 같아, 늘 남들 모르게, 재빠르게 글씨를 썼다. 양말은 잘 팔려나갔다.


경찰과 공무원들, 방송사 기자들이 시설로 들이닥친 것은 우리가 메모를 적기 시작한 지 꼭 한 달째 되는 날 아침이었다. 우리는 시설의 기둥들답게 부동자세를 한 채 그들을 맞이했다.

## 2. 아는 집

시설 밖으로 제일 먼저 빠져나간 사람은 원장선생님이었다. 원장선생님은 두 명의 경찰관과 함께 검은색 자동차에 올라탔다. 차에 오르기 전, 원장선생님은 잠시 뒤돌아 시설 건물을 바라보았다. 시봉과 나는 계속 시설 건물 앞에 부동자세를 한 채 서 있었다. 원장선생님과 우리의 눈이 잠시 마주쳤다. 시봉과 나는 평상시처럼 허리를 숙여 인사했다.

남자 복지사 두 명과 총무과장, 식당 아주머니도 뒤이어 경찰의 승합차에 태워졌다. 식당 아주머니는 경찰 손에 끌려가면서 계속 "나도 환자예요, 난, 정상이 아니란 말이에요!"라고 소리쳤다. 경찰들은 아무런 말도 하지 않았다.

기자들 몇 명이 우리에게 다가와 물었다.

"시설의 기둥들이 누굽니까?"

시봉과 나는 공손하게 그건 바로 우리들이라고 대답해주었다. 그러자 더 많은 기자들과 사람들이 우리 앞으로 몰려들었다. 그들은 빠른 목소리로 물었다.

"시설엔 어떻게 끌려오게 되었나요?"

"어떤 가혹 행위를 당하셨습니까?"

"시설의 기둥들이란 무슨 뜻인가요?"

시봉과 내가 하나하나 대답하려 했을 때, 사람들을 뚫고 구레나룻 아저씨가 다가왔다. 아저씨는 시봉과 내 손을 붙잡고 위아래로 빠르게 흔들었다. 아저씨는 계속 웃고 있었다. 우리는 웃지 않았다. 아저씨는 우리를 대신해 기자들의 질문에 대답했다. 우린 모두 기차역에서 끌려왔다, 여기 이 사람들은 매일 원장과 남자 복지사들에게 구타를 당했다, 식당 아주머니에겐 갖은 욕설을 다 들었다, 그래도 끝까지 속마음을 들키지 않고 원장의 신임을 얻는 데 성공, 양말 상자 포장하는 일을 도맡았다, 시설의 기둥들이란, 시설의 기둥을 뿌리째 뽑겠다는 우리의 암호이다……. 아저씨는 말을 하면서도 계속 시봉과 내 손을 붙잡고 있었다. 손바닥엔 저절로 땀이 고였다.

기자들이 모두 돌아간 뒤, 공무원들은 의사를 한 명 데리고 왔다. 원생들의 보호자들도 한 명 두 명 시설로 찾아오기 시작했다. 공무원들은 의사 옆에 서서 원생들에게 이런 질문을 했다.

"다른 시설로 가실 겁니까, 집으로 가실 겁니까?"

의사는 볼펜 끝으로 탁탁, 책상을 치며 원생들을 바라보았다. 그는 가끔 하품을 하기도 하고 종이에 나무 그림을 그리기도 했다. 그에게선 술 냄새가 났다. 공무원들은 시봉과 나에겐 질문을 하지 않았다. 우리를 가리키며 '내부 고발자'라고 작은 목소리로 수군거렸다.

모두에게 질문이 다 끝난 후, 공무원 한 명이 우리에게 다가와 편지 봉투를 내밀며 말했다.

"이제 집으로 돌아가셔도 좋습니다."

편지 봉투엔 차비가 들어 있었다. 구레나룻 아저씨도 우리에게 다가와 말했다.

"잘 가게, 기둥들. 또 만나자구. 날 만나려면 언제든 저쪽 도시 기차역 광장으로 오면 돼."

우리는 시설의 정문을 빠져나왔다. 군데군데 잔설이 남은 야트막한 야산과 소나무와 전나무 숲이 우리 앞에 펼쳐졌다. 시봉과 나는 한동안 전나무 숲 위 구름들을 바라보았다. 전나무들은 구름을 떠받치고 있는 기둥들처럼 보였다.

시봉이 물었다.

"그럼 이제 집으로 갈 거야?"

나는 솔직하게 대답했다.

"나는 우리 집이 어디 있는지 몰라."

시봉은 계속 구름을 바라보면서 말했다.

"그래? 나는 우리 집이 어디 있는지 아는데."

나는 말없이 큰길로 이어진 비포장도로를 바라보았다. 바큇자국이 어지럽게 새겨진 도로는, 우리 살던 시설의 창살을 닮아 있었다.

"그럼, 우리 일단 어디 있는지 아는 집부터 먼저 갈까?"

시봉은 툭툭, 바짓가랑이를 털며 말했다. 나는 가만히 고개를 끄덕였다. 그제야 우리는 천천히 걸어가기 시작했다. 한참을 걷다가 시봉과 나는 잠깐 뒤돌아 시설을 바라보았다. 사람들이 모두 빠져나간 시설은 금방이라도 무너질 듯, 위태로워 보였다. 나는 조금 어지러웠다. 우리가 몇 년 동안 살았던, 우리에게 많은 것을 가르쳐주었던 시설이었다. 그건 분명 고마운 일이었다. 시봉과 나는 지금 그 시설을 떠나고 있는 것이었다.

# 3. 복지사들

시설에 처음 들어갔을 때, 나는 거의 매일 매를 맞았다. 아침에도 맞았고, 점심에도 맞았고, 자기 전에도 맞았다. 어느 땐 아침에 맞지 않고, 저녁에 두 번 맞은 적도 있었고, 점심에 두 번, 저녁에 세 번 맞은 적도 있었다. 지시봉으로도 맞았고, 쇠파이프로도 맞았고, 손바닥으로도 맞았고, 주먹으로도 맞았고, 군홧발로도 맞았고, 두꺼운 책으로도 맞았다. 의자로도 맞았고, 쓰레기통으로도 맞았고, 양말로도 맞았고, 삽으로도 맞았다. 그렇게 한참을 맞다가 어느 날 옆을 바라보니 시봉이 있었다. 시봉은 양쪽 팔로 머리를 감싸 쥔 채 맞고 있었다. 그게 시봉과 나의 첫 만남이었다. 그날 이후, 우리는 매일 같이 맞았다. 침대 아래에서도 같이 맞았고, 복도에서도 같이 맞았고, 사무실로 불려가서도 같이 맞았고, 작업장에서도 같이 맞았고, 시설 뒷산에서도 같이 맞았고, 시설 정문 앞에서도 같이 맞았다. 그렇게 함께 맞다보니, 우리는 친해졌다.

우리를 때린 사람은 두 명의 남자 복지사들이었다. 동갑내기 사촌지간인 남자 복지사들은 원장선생님의 조카들이기도 했다. 한 명은 키가 작았고, 한 명은 키가 컸다. 키가 작은 쪽은 늘 의사들이 입는 흰 가운을 걸치고 다녔고, 키가 큰 쪽은 청바지에 군화를 신고 다녔다. 키가 작은 쪽은 의사 가운 왼쪽 주머니에 자신의 포크와 숟가락, 칫솔을 넣고 다녔고, 오른쪽 주머니엔 위생장갑을 넣고 다녔다. 그는 우리를 때리거나, 우리에게 약을 줄 때마다 항상 위생장갑을 꼈다. 키가 큰 쪽은 머리숱이 별로 없는 사람이었다. 그는 아침마다 오랫동안 머리를 감았으며, 뒷머리를 앞으로 빗어내린 후, 그 위에 스프레이를 뿌렸다. 청바지 뒷주머니엔 언제나 간이 스프레이와 빗을 갖고 다녔으며, 우리를 때린 다음엔 정성스럽게 머리를 정돈하곤 했다. 그의 프리지어 스프레이 향기가 나면, 우리는 '아, 이제 다 맞았구나' 생각했다.

그들은 시설 2층, 우리 맞은편 방에서 생활했다. 그곳은 우리 방과 달리 마루가 깔려 있었고, 커다란 TV와 냉장고가 놓여 있었다. 그들은 늦은 밤까지 TV를 봤는데, 주로 대사보다 신음 소리가 더 많이 들리는 영화를 봤다. 영화가 끝나고 나면 그들은 간혹 어디론가 전화를 걸기도 했다. 그들은 번갈아 가면서 "거기가 저랑 1년 전에 붙어먹었던 가슴 빵빵한 계집애네 집이 맞나요?" "혹시 지금 스타킹만 신고 있는 거 아니에요?"라고 말하곤 재빠르게 전화를 끊어버렸다. 그런 다음엔 키득키득, 한동안 웃음소리만 들려왔다. 시봉과 나는 그 소리를 다 듣고도 한 번도 웃지 않았다. 남자 복지사들은 우리가 웃는 것을 그리 좋아하지 않기 때문이었다.

때때로 원장선생님이 남자 복지사들의 방으로 찾아올 때도 있었다. 주로 남자 복지사들이 늦잠을 자느라 우리 알약을 제시간에 챙겨주지 못했을 때였다. 원장선생님은 그럴 때마다 남자 복지사들을 '쓰레기만도 못한 새끼들'이라고 불렀다. '밥이나 축내는 버러지 같은 새끼들'이라고도 불렀고, '정신 빠진 양아치 새끼들'이라고도 불렀다. 그런 날이면 남자 복지사들은 우리를 아침식사 전부터 때리곤 했는데, 때리면서 원장선생님이 했던 말을 고스란히 우리에게 되돌려주곤 했다. '쓰레기만도 못한 새끼들!' '밥이나 축내는 버러지 같은 새끼들!' '정신 빠진 양아치 새끼들!'

한번은 키가 작은 쪽이 독감에 걸려 사흘 내내 방안에서만 누워 지낸 적이 있었다. 키가 큰 쪽은 밤새 한숨도 자지 않고 세숫대야에 수건을 담아 연신 복도를 왔다 갔다 하며 돌아다녔다. 시봉과 나는 둘 다 깨어 있었지만, 그는 우리에겐 아무것도 시키지 않았다. 자신이 직접 식당 아주머니에게서 흰죽을 타 왔고, 흰 가운을 빨아주었으며, 화장실 밖에서 휴지를 들고 기다렸다. 원장선생님이 다시 그들의 방에 찾아와 '쓰레기만도 못한 새끼들'이라고 욕했을 땐, 키가 큰 쪽이 일어나서 "에이, 씨발. 큰아버지 진짜 해도 해도 너무 하는 거 아니에요! 애가 아프다잖아요!"라고 큰 목소리로 대꾸하기도 했다. 원장선생님은 한동안 그들을 노려보다가 아무 말 없이 방문을 세게 닫고 되돌아갔다.

키가 작은 쪽이 일어나고 나서 제일 먼저 한 일은 우리를 때리는 일이었다. 키가 큰 쪽은, 키가 작은 쪽이 때리기 쉽게 우리의 등 뒤에서 어깨를 잡아주었다.

"너무 무리하지 마. 아직 며칠은 더 조심해야 한다구."

키가 큰 쪽은 근심 어린 목소리로 말했다.

"어, 그래."

키가 작은 쪽은 위생장갑을 끼며 살짝 웃어 보였다.

키가 작은 쪽은 무리하지 않고, 우리의 가슴을 주먹으로 몇 대 때리기만 했다. 그의 주먹은 며칠 전이나 똑같았다. 그래서 시봉과 나는 그가 다 나은 것을 알게 되었다. 우리는 그 모든 것이 다 키가 큰 쪽 덕분이라고 생각했다.

## 4. 시설

시설엔 모두 세 개의 건물이 있었다. 정문을 등지고 섰을 때 정면
으로, 가장 먼저 보이는 건물이 바로 우리와 다른 원생들의 방이 있
는 '생활관'이었다. 생활관은 흰색 2층 건물이었는데, 1층엔 사무
실과 원장실, 휴게실과 세면실, 세탁실이 있었고, 2층엔 원생들과
복지사들의 방이 있었다. 생활관 창문은 모두 두꺼운 쇠창살로 가
로막혀 있었고, 복도에 있는 형광등은 밤이나 낮이나 항상 켜져 있
었다.

원생들의 방은 모두 똑같이 여섯 개의 철제 침대가 놓여 있었고,
한쪽 벽면엔 세면대가 붙어 있었다. 원생들은 모두 그곳에서 세수
를 하고, 머리를 감고, 칫솔질을 하고, 옷을 빨고, 식수를 해결했다.
세탁실엔 기증받은 세탁기가 두 대 있었지만, 그곳에서 우리의 옷
을 빨아본 적은 한 번도 없었다. 그곳에선 주로 굵은 호스로 맞기만
했다.

생활관 왼쪽에는 원장선생님이 생활하는 관사가 있었다. 방 세
칸과 창고가 있는, 붉은 기와를 얹은 작은 집이었다. 원장선생님은
그 집에서 혼자 살았다. 원장선생님은 총무과장보다도 훨씬 나이가

많은, 귀밑머리가 하얗게 변해버린 사람이었지만, 한 번도 결혼을 해본 적 없다고 했다. 자식 또한 한 명도 없었다. 복지사들은 종종 우리 옆에서, 우리가 듣든 말든, 총무과장에게 이런 말을 하곤 했었다.

"그래서 우리가 여기 와 있는 거예요. 큰아버지가 잘못이라도 되는 날엔 어쩌겠어요. 우리가 가업을 이어야지."

그러나 복지사들 둘만 있을 땐, 또 이런 말을 하곤 했었다.

"에휴, 씨발. 난 저거 뒈지면 여기다 당장 골프 연습장 지을 거야."

"지난번엔 모텔을 지을 거라고 했잖아?"

"그랬나? 에휴, 암튼 내년엔 이거 다 밀어버리고 골조 올려야 하는데……."


생활관 오른쪽에는 반은 식당이고, 반은 작업장인 기다란 건물이 있었다. 원래 젖소들이 잠을 자거나 서 있던 건물이었는데, 우리가 시설에 들어오기 한참 오래전, 어디론가 모두 팔려갔다고 했다. 젖소들은 모두 떠나갔지만, 그들이 바라봤던 슬레이트 지붕이나 군데군데 금이 간 시멘트 바닥과 배수구는 그대로였다. 한쪽 벽에 길게 가로로 설치된 쇠파이프나 정각형 모양으로 반쯤 쌓아올린 벽돌들도 그대로였다. 우리는 그 쇠파이프에 포장할 양말들을 일렬로 쭉 걸어놓거나 박스들을 기대 세워두었다. 그러다가 시간이 되면 벽돌 위에 앉아 식판을 들고 밥을 먹었다. 국물을 남기는 날엔 쪼르륵,

배수구에 흘려 버렸다. 식당 아주머니는 음식을 남기는 것을 싫어
했기 때문이었다. 처음 음식을 남긴 날, 우리는 식당 아주머니에게
식판으로 얼굴을 얻어맞았다. 다른 원생들도 모두 마찬가지였다.
나이가 적건 많건, 음식을 많이 남겼건 적게 남겼건, 상관없이, 차
별 없이.

　생활관 뒤쪽에는 야트막한 야산도 하나 있었다. 야산엔 소나무와
전나무가 많이 심어져 있었고, 잡목과 잡풀들, 커다란 바위들도 군
데군데 들어서 있었다. 눈이 많이 내린 어느 겨울날엔 야산에서 토
끼 두 마리가 시설 뒷마당까지 내려온 적도 있었다. 총무과장과 남
자 복지사들은 그 토끼들을 산 채로 잡아, 그것을 다시 축구공으로
바꿔왔다. 그들은 가끔 시설 뒷마당에서 그 축구공을 찼는데, 축구
공은 자주 야산 쪽으로 굴러 올라갔다. 시봉과 나는 그것을 볼 때마
다 고개를 끄덕였다. 야산에서 내려온 것이니, 다시 야산으로 올라
가려 하는 것은 당연한 일이었다.
　야산 중턱엔 높다란 철조망이 쳐져 있었는데, 그것은 둥그렇게
반원을 그리면서 시설 담장과 연결되어 있었다. 시봉과 나는 모두
두 번 그 철조망 바로 앞까지 가봤는데, 모두 죽은 원생들을 묻으러
갔을 때였다. 시설 어디에도 사람을 묻을 만한 마땅한 곳이 없으니,
거기까지 올라간 것이었다. 물론 두 번 다 복지사들과 함께 갔으나,
삽으로 땅을 판 것은 시봉과 나, 둘뿐이었다. 땅은 단단하고 돌이

많아, 삽날은 자주 땡강땡강, 소리를 냈다. 복지사들은 손을 비비면서 연신 '추워 죽겠다' 며 짜증을 냈다.

## 5. 우리들의 죄


복지사들은 우리를 때릴 때마다 항상 이렇게 물었다.

"네가 뭘 잘못했는지 알아?"

"네 죄가 뭔지 아냐고?"

처음, 얼마 동안 나는 아무런 대답도 하지 못했다. 내 죄가 무엇인지 알 수 없었기 때문이었다. 그러면 복지사들은 "네 죄가 뭔지 모르니까 매일 이렇게 맞는 거야"라고 말하면서 내 엉덩이를 걷어차거나, 뺨을 세게 올려붙였다.

시봉은 시설로 들어온 첫날부터 복지사들의 질문에 대답을 했다.

"예, 저는 제 죄가 뭔지 알아요."

복지사들은 잠시 주먹 쥔 손을 펴고 시봉의 얼굴을 빤히 바라보았다. 나도 슬쩍 시봉의 옆얼굴을 바라보았다. 시봉은 복지사들을 똑바로 쳐다보면서 말했다.

"제 죄는…… 맞아도 정신을 차리지 못한다는 거예요."

그날, 시봉은 정신을 차리지 못할 정도로 많이 맞았다. 복지사들은 두 팔로 얼굴을 가린 시봉에게 쓰레기통을 집어 던지기도 했다. 덕분에 나는 거의 맞지 않았다. 나는 그 점에 대해선 지금도 시봉에게 고마운 마음을 갖고 있다. 그건 분명 고마운 일이었다.

시봉이 내게 처음 말을 하게 된 것도 다 죄 때문이었다. 어두운 밤, 시봉이 자신의 침대에 누워 내게 물었다.

"우리가 뭘 잘못한 걸까?"

우리들의 침대엔 얇은 비닐이 씌워져 있었다. 관청에서 공무원이 나오는 날엔 비닐 위에 다시 하얀 시트를 깔았다. 나는 바스락거리는 비닐을 만지작거리며 내 죄에 대해서 생각해보았다. 무언가 분명 큰 죄를 지은 것 같기는 한데, 그것이 무엇인지 도통 생각이 나질 않았다. 그래서 나는 계속 아무 말도 하지 않았다.

"나는 맞는 게 싫어."

시봉이 내 쪽으로 돌아누우면서 말했다. 복도 형광등에 슬쩍 비친 시봉의 한쪽 눈은 감긴 듯 퉁퉁 부어올라 있었다.

"난 정말 아무리 맞아도 정신을 차리지 못하거든."

나는 시봉이 내일도 또 많이 맞겠구나, 생각했다. 그래서 나는 계속 그에게 아무런 말도 하지 않았다. 그건 어쨌든 내겐 또 한 번 고마운 일이었기 때문이었다.


그러나, 다음 날 시봉은 복지사들에게 뺨을 몇 대 얻어맞았을 뿐, 다른 곳은 전혀 맞지 않았다. 나는 가슴과 허벅지, 옆구리와 뺨을 얻어맞았다. 시봉은 또다시 죄를 묻는 복지사들에게 큰 목소리로 이렇게 대답했다.

"사실은 욕을 했어요!"

키가 작은 쪽이 위생장갑을 끼다 말고 시봉의 얼굴을 쳐다보았다.

"욕을? 누구 욕을?"

"복지사님들을요!"

남자 복지사들은 서로의 눈을 바라보았다. 그러곤 다시 물었다.

"뭐라고 욕을 했는데?"

"그러니까…… 그러니까…… 개새끼들이라고요!"

나는 가만히 앞만 바라보았다. 나는 이제 곧 시봉의 입에서 튀어나올 비명 소리를 기다렸다. 그러나 남자 복지사들의 웃음소리가 먼저 들려왔다.

"그렇지, 이 새끼야. 그런 게 바로 네 죄야. 왜 그런 죄를 지어."

키가 큰 쪽이 시봉의 뺨을 세 대 때리면서 말했다. 키가 작은 쪽은 계속 웃기만 했다.

"너는? 너도 욕했어?"

키가 큰 쪽이 나를 보며 물었다. 나는 대답 대신 고개를 흔들었다. 나는 그들을 욕하지 않았다. 그건 분명 확실한 기억이었다. 그러자, 곧바로 키가 작은 쪽의 주먹이 날아왔다. 내가 넘어지자, 키가 큰 쪽은 군화로 내 옆구리를 밟았다.

"네가 더 나빠, 이 새끼야!"

키가 작은 쪽은 벽 쪽으로 몇 걸음 물러났다가, 다시 앞으로 달려나오면서 내 엉덩이를 걷어찼다. 시봉은 차렷 자세를 한 채 그런 나를 가만히 내려다보기만 했다.


 복지사들이 1층 사무실로 내려간 다음, 나는 시봉에게 물었다.

 "언제 욕을 한 거야?"

 나는 한 손으로 옆구리를 문질렀다. 손이 닿을 때마다 반대쪽 옆구리까지 찌릿찌릿, 아파왔다.

 "나, 욕 안 했는데."

 시봉은 내 쪽으로 한 걸음 더 다가서면서 말했다.

 "한데 왜 했다고 그랬어?"

 "어, 이제 하려고."

 시봉은 흙이 묻은 내 바지를 털어주면서 작은 목소리로 "개새끼들"이라고 말했다. 그러곤 다시 내 얼굴을 올려다보며 슬쩍 미소 지었다.

 "이게 죄가 되는지 안 되는지, 어젯밤엔 몰랐거든."

 시봉은 그렇게 말하면서 다시 한 번 "개새끼들"이라고 말했다.

# 6. 고백 뒤에 오는 죄

다음 날부터 우리는 계속 죄를 지으며 살아갔다. 우리는, 우리의 죄가 무엇인지 알 수 없어, 언제나 고백부터 먼저 했다. 고백을 하는 것이, 고백을 안 하는 것보단 덜 맞았기 때문이었다. 시봉은 또한 번 복지사들을 욕했다고 고백했다가 쇠파이프로 허벅지를 두들겨 맞았다. 복지사들은 '같은 죄를 계속 짓는 건 더 나쁜 일'이라고 말했다. 그래서 우리는 매일매일 새로운 죄를 지어야만 했다. 어떤 것은 죄가 되었고, 또 어떤 것은 '더 큰 죄'가 되었다. 죄를 지은 날엔 덜 맞았고, '더 큰 죄'를 지은 날엔 많이 맞았으며, 죄를 고백하지 않은 날엔 하루 종일 두들겨 맞았다.

"사실은 약을 다 먹지 않고 몰래 버렸어요!"

이건 죄가 되었다. 그러면 키가 작은 쪽은 뒤꿈치를 들어 우리 머리카락을 이리저리 몇 번 잡아당긴 후, 가운 주머니에서 다시 알약을 꺼내주었다.

"사실은 복지사님들을 등 뒤에서 목 졸라 죽이려고 했어요!"

이건 '더 큰 죄'가 되었다. 복지사들은 우리를 넘어뜨린 후, 우리의 목 위에 올라타 주먹질을 해댔다. 그들은 아무 말 없이 오랫동안 숨만 씩씩 내쉬며, 주먹을 날렸다.

"복지사님들 방에서 들려오는 신음 소리를 계속 듣고 있었어요!"

이것 또한 죄가 되었다. 복지사들은 서로 마주 보며 낄낄거리고 웃다가, 우리에게 직접 신음 소리를 내보라고 시키기도 했다. 시봉과 나는 차렷 자세를 한 채 천장을 바라보며 한참 동안 신음 소리를 냈다. 복지사들은 계속 웃으면서 우리의 신음 소리를 들었다. 그러곤 우리 뺨을 살짝 몇 대 때리고 돌아가려 했다. 하지만 시봉이 곧바로 복지사들의 목소리를 흉내내어 "혹시 지금 스타킹만 신고 있는 거 아니에요?"라고 말하자, 다시 우리들의 목 위에 올라탔다. 그것은 '더 큰 죄'가 되었기 때문이었다.

1주일 내내 죄를 고백하다가, 하루는 시봉이나 나나 더 이상 죄가 생각나지 않아 아무런 말도 하지 못했던 적이 있었다. 그날 복지사들은 하루 종일 우리를 끌고 다니면서 허리띠로 우리의 가슴과 등과 허리를 내리쳤다. 그들은 우리가 '더 더 큰 죄'를 지었기 때문에, 그래서 말을 못하는 것이라고 말했다. 빨리 그것을 말하라고 소리쳤다. 하지만, 우리는 정말 아무런 생각도 나지 않았다. 복지사들에게 허리띠로 얻어맞아 더 생각이 나지 않았다. 그래서 우리는 계속 맞기만 했다.

우리는 우리의 죄를 고백한 다음, 그다음 반드시 죄를 지었다. 고백한 내용이 하루 종일 머릿속을 맴돌아, 마음이 불편했기 때문이었다. 그래서 우리는 약을 먹지 않았다고 고백한 날엔 정말로 약을 먹지 않고 버렸으며, 화장실에서 원장선생님을 욕했다고 고백한 날엔 정말로 원장선생님을 욕했다. 우리는 꼭 고백한 대로만, 꼭 그만큼의 죄만 지었다. 그래야 마음이 놓였고, 잠도 잘 왔다. 깜빡 잊고 그날 치의 죄를 짓지 않고 잠자리에 누운 날엔, 다시 방문을 두들겨 복지사들을 깨우기도 했다. 복지사들은 대개 방문을 열자마자 우리에게 발길질부터 해댔지만, 그래도 시봉과 나는 참고 끝까지 죄를 지었다. 시봉은 등 돌린 복지사의 목을 조르려 손을 뻗었다가, 그 모습을 본 다른 복지사에게 진짜로 목이 졸리기도 했다. 시봉은 컥컥거리며 한쪽 팔로 바닥을 내리치기도 했다. 나는 그런 시봉을 부러운 눈으로 바라보았다. 그날 밤, 시봉은 큰 소리로 코를 골며 편안하게 잠을 잤다.

# 7. 병력病歷

　시봉과 나는 계속 걸었다. 언 땅이 녹아 신발엔 자주 진흙이 달라 붙었다. 아무도 없는 논 한가운데 세워진 짚단에선 아지랑이가 피어올랐다. 띄엄띄엄 길옆에 서 있는 미루나무 꼭대기엔 까마귀들이 작은 원을 그리며 날아들었다. 시봉과 나는 시설에서 나눠준 작업복 바지 주머니에 손을 찔러 넣은 채 걸었다. 우리는 아무런 말도 하지 않았다. 햇살은 따뜻했지만, 바람은 매서웠다.

　비포장도로는 4차선 산업도로와 이어져 있었다. 우리는 커다란 톱날처럼 생긴 방음벽에 바싹 붙어 걸었다. 트럭이 경음기를 울리며 지나칠 때마다 시봉은 두 손으로 머리를 감싼 채 그 자리에 오랫동안 멈춰 서 있었다. 나는 시봉을 기다려주었다.

　버스 정류장에 도착해 우리는 잠시 벤치에 앉아 숨을 돌렸다. 시봉의 이마엔 번들번들 땀방울이 맺혀 있었다. 시봉이 물었다.

　"버스 탈 거야?"

　나는 길 반대편을 바라보며 말했다.

　"너네 집까지 걸어가기엔 너무 멀어."

　"하지만 나는 버스는 타지 못하는걸?"

　나는 그제야 시봉의 얼굴을 바라보았다. 시봉은 계속 땀을 흘리고 있었다. 셔츠의 깃 부분은 검게 변해 있었다.

"버스를 못 타?"

"응. 버스엔 화장실이 없으니까."

나는 시봉의 말을 잘 이해할 수가 없었다.

"예전에 택시를 타고 가다가 갑자기 볼일이 마려운 적이 있었거든."

시봉은 머리를 긁적거리면서 말했다.

"그래서 갓길에 잠깐 멈추고 도로 바로 아래에서 쪼그리고 볼일을 봤는데, 일어나니까 택시가 사라졌더라구."

"저런, 널 버리고 갔구나."

"아니. 트럭 아래로 그대로 들어가버렸더라구. 깜깜한 밤이었거든."

나는 잠깐 숨을 길게 내쉬었다. 그리고 다시 물었다.

"택시엔 누가 있었는데?"

"우리 아버지, 우리 엄마."

시봉은 슬쩍 웃으면서 그렇게 말했다.

"그다음부턴 차를 탈 때마다 꼭 큰 일이 보고 싶어졌어. 그것 때문에 여동생한테 맞기도 많이 맞았는데…… 잘 안 고쳐지더라구."

시봉이 처음 총무과장의 승합차를 타고 시설에 왔을 때, 그의 바지는 이미 묵직하게 변해 있는 상태였다. 총무과장은 계속 욕을 했고, 남자 복지사들은 실실 웃으며 이렇게 말했다.

"형님, 이렇게 제대로 미친놈을 데리고 오시면 어떻게 해요."

나는 그날 남자 복지사들의 지시를 받아 오랫동안 시봉의 바지를 빨았다. 냄새는 쉬이 사라지지 않았다. 나는 그날 냄새가 쉬이 사라지지 않았던 이유를 이제야 이해할 수 있게 되었다.

시봉과 나는 다시 걷기 시작했다. 우리는 기차역을 향해 걸었다. 기차엔 화장실이 있으니까 안심할 수 있었다. 한참 동안 말없이 걸어가던 시봉이 내게 물었다.

"한데 넌 어떻게 시설에 들어오게 된 거야?"

나는 잠시 멈춰 서서 오래전 기억을 떠올려보았다. 그러나, 잘 생각나지가 않았다.

"난…… 내 발로 걸어 들어왔는데."

나는 시봉에게 생각나는 것만 말해주었다.

"네 발로? 혼자서?"

"아니, 아버지가 원장실 앞까지 데려다주었어."

아버지는 오랫동안 원장선생님과 이야기를 했다. 나는 그동안 원장실 문 밖에 서 있어야만 했다. 문 안에선 종종 아버지의 목소리가 들려왔다.

"역시 정상이 아니었군요. 정상이 아니었어요!"

아버지는 원장실에서 나와 가만히 내 눈을 바라보았다. 그러곤 내 머리를 한 번 쓰다듬고, 복도 저편으로 사라져버렸다. 나는 곧장

남자 복지사들에게 넘겨졌다. 그리고 그날 이후, 나는 정말 정상이
아닌 사람이 되어버렸다. 아버지의 얼굴도, 엄마의 얼굴도, 우리 집
도, 내가 몇 살인지도, 아무것도 기억하지 못하는 시설원생. 나는
시봉에게 그 얘기를 해주었다. 내가 알고 있고, 기억하고 있는 것
은, 그것이 전부였다.

## 8. 시연과 처음 만나다

우리는 날이 저물 무렵 시봉의 집에 도착했다. 시봉의 집은 복도식 임대 아파트 8층에 있었다. 아파트는 지어진 지 오래된 듯, 복도 이곳저곳에 오래된 낙서와 오래된 스티커들과 오래된 거미줄들이 뒤섞여 있었다. 엘리베이터 앞에는 녹슨 자전거 한 대와 한쪽 다리가 부러진 식탁의자, 깨진 화분들이 아무렇게나 세워져 있었다.

우리가 초인종을 누르기도 전에, 시봉의 집에서 누군가 벌컥, 문을 열고 나왔다. 시봉의 여동생이었다. 나는 그녀의 이름이 시연이라는 것을 시봉에게서 들어 이미 알고 있었다.

그녀는 허리를 숙여 부츠 지퍼를 올리면서 집 안을 향해 소리를 질렀다.

"네가 인간이냐? 그러고도 네가 인간이야!"

그러자 집 안에서 탁하고 갈라진, 가래가 섞인 듯한 남자의 목소리가 들려왔다.

"어제는 운이 좀 없었던 것뿐이라고! 하지만 오늘은 정말 확실하다니까!"

시연은 어깨에 메고 있던 핸드백을 집 안을 향해 집어 던졌다. 그리고 말했다.

"나가! 나가, 이 새끼야! 가서 그 사설 경마장인지 뭔지, 거기 가서 살라구!"

우리는 시연과 몇 걸음 떨어지지 않은 곳에 서 있었지만, 그녀는 우리를 보지 못했다. 그래서 우리는 가만히 기다리기만 했다.

"3만 원만 달라고! 내가 틀림없이 30만 원으로 만들어 온다니까!"

"핸드백을 열어봐라, 이 새끼야! 거기 3천 원이나 있나!"

"그러면 네 옷이라도 몇 개 팔면 안 될까? 지난번에 보니까 세탁소 주인이 네 옷을 마음에 들어 하는 것 같던데?"

"이 개새끼야!"

시연은 소리를 지르며 그 자리에 주저앉았다. 잠시 얼굴을 무릎에 파묻기도 했다. 그리고 다시 자리에서 일어서다가, 그러다가 우리와 눈이 마주쳤다. 시봉은 밝게 웃으며 한 손을 들어 인사했고, 나는 허리를 숙여 인사했다. 시연은 굳은 듯 시봉을 바라보았다.

"그게 좀 그러면 카드를 하나 더 만드는 게 어떨까? 일단 현금서비스를 좀 받고……."

집 안에선 계속 남자의 목소리가 들려왔지만, 시연은 대답하지 않았다. 그녀는 계속 시봉만 쳐다보았다. 그래서 나도 시연의 얼굴을 좀 더 자세히 볼 수 있었다. 굵은 파마머리에 짧은 가죽치마, 작은 입술과 왼쪽 눈 바로 아래에 나 있는 새끼손톱만 한 점, 그리고 가느다란 팔목까지, 어느 것 하나 시봉과 닮은 점은 없었다.

"어떻게 된 거야?"

시연은 좀 전과 다른, 낮은 목소리로 시봉에게 물었다.

"어, 시설에 좀 가 있었는데, 거기도 문을 닫아서."

시봉은 계속 웃는 얼굴로 대답했다. 시연은 시봉에게서 시선을
거둬 내 얼굴을 바라보았다.

"어, 얜 내 친구 진만인데, 집이 어딘지 몰라서 같이 왔어."

나는 다시 한 번 허리를 숙여 시연에게 인사를 했다. 그녀에게선
좋은 냄새가 났다. 시설에선 단 한 번도 맡아보지 못한 냄새였다.
나는 그 냄새 때문에 기분이 좋아졌다.

"왜 대답이 없어? 잘만 하면 카드 하나쯤은 더 만들 수 있다고."

집 안에서 불쑥, 낯선 남자 한 명이 얼굴을 내밀었다. 뿔테 안경
을 쓴, 콧수염을 기른 남자였다. 남자는 우리와 시연을 번갈아가며
쳐다보았다. 시연은 계속 시봉만 바라보았다.

"뭐야? 손님들이 집까지 찾아온 거야? 그것도 한꺼번에 두 명씩
이나?"

남자는 슬리퍼를 질질 끌며 문 앞까지 걸어 나왔다. 눈은 계속 우
리를 향해 있었다.

"내가 자리를 좀 피해줄까? 3만 원만 줘. 그러면 두 시간 있다가
들어올게. 두 시간이면 충분할 거 아니야, 응? 부족해? 그러면 4만
원을 내든가."

시연은 남자의 말에는 대답하지 않고 질끈 두 눈을 감았다. 아랫입술을 깨물기도 했다. 그러곤 작게, 그러나 모두 다 들릴 만한 목소리로 "돌아버리겠네"라고 말했다. 그런 시연 옆에서 남자는 다시 한 번 말했다.

"시간으로 하지 말고, 머릿수로 받을까? 그게 더 좋을 거 같지? 그렇지?"

시연은 곧장 남자의 뺨을 때렸다.

## 9. 포장

다음 날 아침 일찍, 시봉과 나는 아파트 주위를 산책했다. 아파트 단지는 총 네 동으로 되어 있었다. 동과 동 사이에는 각각 작은 놀이터와 공터가 있었고, 맨 마지막 동 뒤로는 가파른 축대가 세워져 있었다. 동과 동을 이어주는 인도에는 모두 일곱 개의 벤치가 있었는데, 그 중 네 개의 벤치에는 등받이가 없었다. 가로등은 모두 열세 개가 있었고, 화단에는 오래된 미루나무가 세 그루, 벚꽃나무가 아홉 그루, 감나무가 네 그루 있었다. 시봉과 나는 그것들을 하나하나 세면서 천천히 걸었다. 고양이는 모두 다섯 마리를 만났고, 내장이 다 파헤쳐져 죽어 있는 비둘기도 두 마리나 만났다.

아파트 단지 바로 앞에는 2층으로 된 상가 건물도 한 채 들어서 있었다. 슈퍼와 정육점, 세탁소, 부동산, 과일 가게의 간판이 보였고, 글자 세 개가 떨어져나간, 무슨 가게인지 알아볼 수 없는 간판도 하나 내걸려 있었다. 간판들은 모두 아파트 쪽이 아닌, 건너편 도로를 향해 나 있었다.

시봉과 나는 슈퍼 앞에 놓인 파라솔 의자에 앉았다. 하얀 플라스틱 의자는 때가 많이 끼고 축축했지만, 우리는 그냥 앉았다. 계속 머리가 어지럽고 속이 좋지 않았기 때문이었다. 시봉은 크게 숨을 들이마시면서 의자 등받이에 몸을 기댔다. 나도 시봉을 따라했다. 어지럼증이 좀 가시는 기분이 들었다.

얼마 지나지 않아 슈퍼에서 아주머니 한 명이 나와 우리 앞에 섰다. 뚱뚱하고 입술이 큰 아주머니였다.

"뭐, 마실 건가?"

아주머니는 걸레로 파라솔 탁자를 닦으면서 물었다. 우리는 고맙지만 지금은 아무것도 마시고 싶지 않다고 공손히 대답했다. 우리는 지금 속이 좋지 않다는 말도 덧붙였다. 그러자 아주머니는 탁, 걸레를 탁자 위에 내던지면서 말했다.

"더러운 놈의 동네, 내가 빨리 가게를 빼든가 해야지, 원."


아주머니가 다시 슈퍼 안으로 들어간 다음에도 시봉과 나는 계속 파라솔 의자에 앉아 있었다. 상가 앞 인도에는 공중전화 박스가 하나 있었고, 그 바로 옆에는 마을버스 정류장 표지판과 휴지통이 놓여 있었다. 휴지통 위에 있던 검은 비닐봉투 한 장이 바람에 날려 시봉의 발 아래 떨어졌다. 시봉은 그것을 집어 들었다. 그러곤 그것을 이리저리 살펴보다가, 탁자 위에 놓인 걸레를 사등분으로 접어 그 안에 집어 넣었다. 양말을 접던 방식 그대로, 비닐봉투의 윗부분까지 반듯하게 접어 탁, 탁자 위에 올려놓았다. 시봉은 그것을 보곤 씨익, 짧게 웃었다. 나도 시봉을 따라, 다시 비닐봉투에서 걸레를

꺼내 양말을 접던 방식 그대로 접어 넣었다. 우리는 차례차례 돌아
가면서 걸레를 접었다 펴기를 반복했다. 시봉이 나보다 조금 더 빨
리 접었다. 걸레에선 비린내가 났지만, 우리는 그 일을 계속했다.
포장을 하다 보니, 어지럼증도 조금 나아졌고, 속도 한결 편해졌기
때문이었다.

　우리는 마을버스가 모두 일곱 번 정류장 앞을 지나칠 때까지 계
속 걸레를 포장했다가 다시 푸는 일을 반복했다. 마을버스에선 아
무도 내리지 않았다. 시봉과 나는 여덟 번째 마을버스가 왔을 때,
파라솔 의자에서 일어났다. 우리는 검은 비닐봉투를 슈퍼 안 아주
머니에게 두 손으로 건넸다. 아주머니는 잠시 의아한 표정으로 우
리를 바라보다가, 천천히 검은 비닐봉투를 풀어보았다. 그러곤 이
내 두 눈을 감고 길게 한숨을 내쉬었다.

　"내가 이번 달 안으로 뜬다, 떠."

　아주머니는 다시 한 번 걸레를 탁, 계산대 위에 내던졌다. 시봉과
나는 그런 아주머니에게 다시 한 번 공손히 허리 숙여 인사했다.

# 10. 뿔테 안경 남자

시연은 남자와 같이 산다. 남자는 시연보다 열여섯 살이나 더 많다. 하지만 시연은 존댓말을 하지 않는다. 시연은 그를 주로 '야' '개새끼야' '미친놈아' 라고 부른다. 남자는 시연을 주로 '자기야' 라고 부른다. 그리고 우리는 '처남들' 이라고 부른다. 우리는 그를 뭐라고 불러야 할지 몰라, 그냥 부르지 않았다. 그래도 불편한 것은 하나도 없었다. 우리가 그를 먼저 부를 일은 별로 없었기 때문이었다.

남자는 키가 작았고, 몸이 몹시 마른 사람이었다. 머리카락은 목덜미를 다 덮을 정도로 길었으나, 한 번도 감는 모습을 본 적은 없었다. 집 안에선 주로 러닝셔츠에 팬티만 입고 있었고, 밖으로 나갈 땐 그 위에 추리닝만 걸쳤다. 항상 슬리퍼를 신고 다녔고, 양말은 신지 않았다.

남자는 매일매일 오후 늦게 일어나 제일 먼저 담배를 문 뒤, 뿔테 안경을 쓰고 경마 신문을 읽었다. 경마 신문을 다 읽은 뒤엔 잡지처럼 생긴 경마 정보지를 읽었다. 경마 정보지를 다 읽은 뒤엔 밥을 먹으면서 경마 중계를 보았다. 경마 중계는 대부분 재방송이었지만, 그는 숟가락으로 밥상을 두들기면서, TV 화면에서 눈을 떼지 않았다. 더! 더! 더! 연신 고함을 지르기도 했다. 시봉과 나는 그럴 때마다 밥상을 두 손으로 꼭 잡고 있어야 했다.

밥상을 물리고 시연이 출근 준비를 하면, 그때부터 남자는 시연을 조르기 시작했다.

"글쎄 진짜 확실한 정보가 있어서 그렇다니까."

남자는 화장을 하는 시연의 뒤에서 말했다.

"이번 주 토요일이 3번 마 기수 생일이래. 생일날은 기수들끼리 서로 은밀하게 밀어주고 한다니까."

그러면 시연은 이런 말을 했다.

"그래? 한데, 어쩌냐? 말들은 자기 주인 생일이 언제인지 잘 모르고 있는 것 같던데."

시연은 남자에게 돈을 주지 않았다. 그러면 남자는 시연이 화장실을 간 틈을 타 핸드백을 뒤지거나, 지갑을 꺼내 보았다. 그래도 돈이 나오지 않으면 시연의 귀고리나 팔찌 같은 것을 몰래 추리닝 주머니에 감추고 재빠르게 집 밖으로 빠져나갔다.

남자는 때때로 술에 취해 집으로 돌아오기도 했다. 그런 날이면 남자는, 역시 술에 취한 채 밤늦게 퇴근한 시연을 방으로 끌고 들어가 다짜고짜 뺨을 때렸다. 남자는 시연을 때리면서 너 때문에 내 인생이 이렇게 됐다고 소리쳤다. 너만 아니면 계속 학교 선생을 하고 있었을 것이라고, 무언가 집어 던지면서 말하기도 했다. 너를 기다리다가 경마에 빠지지 않았다면 모든 것을 되돌릴 수도 있었을 것이라고, 무언가 깨뜨리면서 악을 썼다. 우리는 한쪽 귀를 방문에 바싹 붙인 채, 그 소리들을 모두 들었다. 시연은 남자에게 아무런 말도 하지 않았다.

한 시간 넘게 소리를 지르고, 뺨을 때리고, 무언가를 집어 던지던 남자는 어느 순간, 갑자기 조용해졌다. 그러곤 이내 헉헉, 거친 숨소리가 들려왔다. 시연의 신음 소리도 작게 들려왔다. 시봉과 나는 그 소리들도 모두 빠뜨리지 않고 귀를 기울여 들었다. 예전 복지사들의 방에서 들려오던 소리와 거의 비슷한 소리였다. 그러나, 우리는 예전처럼 그 소리를 흉내 내진 않았다. 이미 한 번 지었던 죄였기 때문이었다.

이윽고, 모든 숨소리와 신음 소리가 사라진 후, 남자의 목소리가 들려왔다.

"자기야, 나 속이 너무 쓰려."

남자는 거의 울먹거리는 목소리로 말했다. 그러면 시연은 짧게 말했다.

"미친놈. 그러게 누가 그렇게 술을 퍼마시래."

시연은 예전처럼 남자에게 욕을 했지만, 그러나 그 목소리는 평상시와는 조금 다른 것이었다. 그것은 마치 누군가를 달래고 어르는 목소리였다. 우리는 한 번도 들어보지 못한 목소리였다.

# 11. 구직

시설에서 나온 지 1주일쯤 지난 후, 뿔테 안경 남자가 우리를 불렀다.

"처남들, 처남들도 매일 이렇게 집에만 있으면 어떡해?"

남자는 밥상 앞에 책상다리를 하고 앉아 그렇게 말했다. 남자는 그날도 시연에게서 돈을 한 푼도 받아내지 못한 처지였다. 대신 '나가 죽어라' 라는 말만 들었다.

우리는 남자와 똑같은 자세를 하고 밥상 앞에 앉았다. 시봉이 물었다.

"그럼 좀 나갔다가 들어올까요?"

남자는 담배를 입에 물면서 고개를 가로저었다.

"아니, 아니, 내 말은 처남들도 이제 밥값을 해야 하지 않겠냐, 이 말이지. 사지 멀쩡한 친구들이 여동생한테 신세만 지면 쓰겠어? 사람이라면 모름지기 일을 하고 돈을 벌어야지."

과연. 시봉과 나는 머리를 끄덕였다.

우리는 뿔테 안경 남자와 함께 곧장 아파트 단지 밖으로 걸어 나왔다. 뿔테 안경 남자는 우리가 일자리 구하는 것을 도와주겠다고 했다.

우리는 제일 먼저 아파트에서 10분 정도 떨어진 사거리 한 귀퉁이에 있는 편의점에 들어갔다. 편의점 유리문에는 '아르바이트 구함'이라고 적혀 있었다. 뿔테 안경 남자는 들어가지 않았다. 대신 그는 유리문 밖에서 우리를 바라보았다.

편의점 주인은 이마가 조금 벗겨진 뚱뚱한 남자였다. 그는 우리에게 편의점 아르바이트를 해본 적 있느냐고 물었다. 시봉과 나는 거의 동시에 대답했다.

"포장일은 많이 해봤는데요."

주인은 여기는 포장할 일이 거의 없다고 말했다. 여기는 주로 봉투에 무엇을 담는 일을 한다고 했다.

"그것도 내내 포장이죠, 뭐."

내가 말하자, 주인은 잠시 아무 말 없이 우리 두 사람을 번갈아가며 바라보았다.

"도대체 어디서 무슨 일을 하셨수?"

주인의 질문에 나는 '시설'이라고 대답해주었다. 시봉은 "우린 그곳에 기둥들이었죠"라고 웃으며 말을 보탰다. 우린 곧장 편의점에서 쫓겨났다.


우리가 두 번째로 들어간 곳은 냉동 고등어 가공 공장이었다. 그곳 정문에도 '직원 모집'이라는 종이가 붙어 있었다. 뿔테 안경 남자는 이번에도 우리와 같이 들어가지 않고 정문 옆에 남아 있었다. 그는 우리에게 시설 얘기는 하지 말라고 부탁했다. 우리는 그러겠노라고 대답했다.

정문 안으로 들어서자마자 시봉과 나는 수위의 뒤를 따라 책임자라는 사람을 만나러 갔다. 가는 도중 우리는, 비닐에 포장된 고등어를 박스에 담고 있는 아주머니들을 볼 수 있었다. 아주머니들은 서로 한마디도 하지 않고 나무토막처럼 굳어버린 고등어들을 차곡차곡 박스에 담았다. 그건 우리가 시설에서 했던 일과 비슷해 보였다. 더구나 박스엔 고등어 두 마리를 양손에 쥔 채 활짝 웃고 있는 아저씨 사진도 붙어 있었다. 나는 걸어가면서 양팔을 활짝 벌리고 웃어보았다. 앞서 가던 시봉도 계속 양팔을 벌리는 연습을 했다.

모자를 쓰고 완장을 찬 책임자는 대뜸 우리에게 질문부터 했다.

"뭐, 지게차나 다른 거 몰 줄 아는 거 있나?"

우리는 없다고 대답했다.

"1종 운전면허는? 그것도 없어?"

"우리는 포장을 할 줄 아는데요."

"포장? 그건 아주머니들이나 하는 일이지. 그리고 그건 이미 사람들이 다 찼어."

시봉과 나는 그래도 우리는 포장을 해야 하는데요, 라고 다시 한번 말했다.

"그거 말고 다른 거 없어? 다른 사람들보다 잘하는 거 말이야?"

책임자는 조금 더 큰 목소리로 물었다. 나는 곰곰 생각해보았다. 그러나 딱히 생각나는 것이 없었다. 그건 시봉도 마찬가지인 것 같았다. 시봉은 한쪽으로 고개를 기울인 채 무언가 생각해내려 애쓰고 있었다.

책임자가 우리 곁을 지나쳐 다른 곳으로 가려 할 때까지, 나는 아무것도 생각해내지 못했다. 그러나 시봉은 아니었다. 시봉은 한 손을 번쩍 들고 소리쳤다.

"내부 고발자요! 우린 그것도 잘합니다!"

우리는 다시 수위의 뒤를 따라 공장 밖으로 걸어 나와야 했다. 뿔테 안경 남자는 어디로 갔는지 보이지 않았다.

## 12. 약을 찾으러 가다

시봉과 나는 기차를 타고 다시 시설로 갔다. 우리 둘 다 계속 속이 좋지 않고 어지러웠기 때문이었다. 우리는 그것이 약을 먹지 않아서 그런 것이라고 생각했다. 약만 먹으면 다시 예전처럼 건강해질 수 있을 거라고 믿었다. 원장선생님도, 복지사들도 없으니, 우리가 직접 약을 찾아 먹는 수밖에, 다른 방법은 없었다.

기차에서 내려 4차선 산업도로와 비포장도로를 두 시간 가까이 걸어 도착한 시설 정문에는, 굵은 쇠사슬이 친친 감겨 있었다. 쇠사슬 중앙엔 커다란 자물쇠가 매달려 있었고, 바로 그 아래엔 '출입금지'라는 붉은색 팻말이 세워져 있었다. 쇠사슬과 팻말엔 거미줄이 쳐져 있었다. 정문 틈으로 보이는 시설은, 전나무 숲에 둘러싸인 채, 예전 그 모습 그대로 조용히 자리를 지키고 서 있었다.

"아무도 안 사나보지?"

시봉이 까치발을 딛고 안을 살펴보면서 말했다. 나는 말없이 고개만 끄덕거렸다.

우리는 팻말을 땅에서 뽑아 벽에 괸 후, 그것을 밟고 벽을 넘어갔다. 시봉이 먼저 넘어가고 내가 그 뒤를 따랐다. 나는 시봉의 커다란 엉덩이를 뒤에서 받쳐주기도 했다.

우리는 제일 먼저 생활관 건물로 갔다. 생활관 건물 출입문에도 쇠사슬이 감겨 있었다. 창문들은 모두 잠겨 있었다. 시봉과 나는 부러진 나무 막대기로 1층 사무실 유리창을 깼다. 유리창 깨지는 소리는 멀리, 그리고 오래, 전나무 숲 너머까지 퍼져나갔다. 그러나 그 소리를 듣고 다가오는 사람은 아무도 없었다. 시봉과 나는 소리가 사라질 때까지 계속 그 자리에 가만히 서 있었다. 그리고 이번엔 내가 먼저 유리창을 넘었다. 그런 후, 뒤따라 들어오는 시봉의 손을 잡아주었다.


사무실은 지저분하게 변해 있었다. 캐비닛은 모두 열려 있었고, 바닥엔 이런저런 종이들이 어지럽게 흩어져 있었다. 책상서랍들은 통째로 바닥에 떨어져 있었고, 총무과장이 매번 들고 있었던 전화기는, 수화기가 어디론가 사라지고 없었다. 우리는 캐비닛과 책상 아래를 살펴보았다. 약은 한 알도 보이지 않았다.

우리는 2층, 우리가 살던 방도 들어가보았다. 침대는 여섯 개, 변함없이 거기 그대로 놓여 있었다. 시봉과 나는 각자의 침대에 누워보았다. 침대를 덮고 있는 얇은 비닐엔 먼지가 잔뜩 쌓여 있었다. 그래도 우리는 한참 동안 아무 말 없이 그대로 누워 있었다. 까무룩, 잠이 올 것만 같았다.

우리는 원장선생님의 관사에도 들어갔다. 약은 늘 원장선생님이 복지사들에게 먼저 나눠주었고, 복지사들은 그것을 다시 우리에게 건네주었으니, 거기 어디에 숨겨져 있을지도 모를 일이었다.

그곳 역시 현관문이 잠겨 있어, 우리는 다시 거실 유리창을 깨고 안으로 들어갈 수밖에 없었다. 우리는 먼저 안방으로 들어가보았다. 예전, 시설에서 살 때, 시봉과 나는 몇 번 원장선생님의 안방에 들어가본 적이 있었다. 주로 원장선생님이 술을 마셨을 때였다. 원장선생님은 우리에게 종종 연극을 하자고 말했다. 그것이 우리의 치료에 도움이 된다는 말도 했다. 우리는 항상 엄마 역할이었고, 원장선생님은 매 맞는 아들 역할이었다. 대사 또한 매번 같았는데, 우리는 지휘봉으로 원장선생님의 엉덩이를 때리면서 "그렇게밖에 못 하겠어! 그렇게밖에 못하겠냐고"라고 소리쳐야 했다. 그러면 원장선생님은 "엄마, 엄마, 더요, 더 때려주세요!"라고 큰 목소리로 소리쳤다. 엉덩이를 우리 얼굴을 향해 높이 들어 올린 채, 엉엉 소리 내어 울기도 했다. 그리고 연극이 모두 다 끝나고 난 후엔, 우리에게 초코 우유나 요구르트를 건네주었다.

시봉과 나는 원장선생님의 책상과 침대 아래를 꼼꼼히 살펴보았다. 침대 아래에선 철끈으로 묶인 노트가 여러 권 나오기도 했다. 그건 원장선생님이 몇 년 동안 계속 써온 일기였다. 일기에는 하루 하루 시설에서 있었던 일들이 시간대별로 정리되어 있었는데, 거기에는 시봉과 내 이름도 자주 나왔다. 우리는 가지고 간 비닐봉투에 그 노트들을 담았다. 후에 원장선생님에게 돌려줄 생각이었다.

시봉과 나는 작은 방과 옷 방까지 다 뒤져본 후, 마지막으로 관사 뒤편에 있는 창고로 갔다. 우리가 창고 문을 열자마자 무언가 후다 다닥, 왼쪽 구석으로 급히 몸을 숨기는 것이 보였다. 어두워서 잘 보이진 않았지만, 사람인 것이 분명해 보였다. 우리는 잠시 문 앞에 서 있다가 그쪽으로 천천히 발을 뗐다. 그러자, 구석에서 누군가의 목소리가 들려왔다.

"가까이 오지 마! 가까이 오지 마, 이 개새끼들아!"

우리는 다시 그 자리에 멈춰 설 수밖에 없었다.

# 13. 아줌마의 죄

어둠이 눈에 익자, 우리는 창고 안에 있는 것들이 무엇인지 차츰 차츰 알 수 있게 되었다. 천장 근처까지 쌓인 신문지와 책들, 낡은 보일러와 커다란 드럼통 두 개, 보풀이 일어난 곰 인형과 한쪽 문이 떨어져나간 캐비닛까지, 우리는 목을 길게 빼내 하나하나 살펴보았다. 그리고 캐비닛 뒤에 쪼그리고 앉아 우리를 노려보고 있는, 몸이 뚱뚱한 아줌마와도 눈이 마주쳤다. 시봉과 나는 그쪽으로 다가가려고 다시 발을 뗐다.

"움직이지 말라고 이 개새끼들아! 한 발만 더 떼면 확 죽어버릴 테니깐!"

가만히 보니, 우리가 알고 있던 아줌마였다. 우리 옆옆 방에 살았던, 씻는 것을 무서워하던 아줌마였다. 아줌마는 몸에 물이 닿으면 숨이 턱턱, 막힌다고 했다. 세면대에 물을 받아 세수를 하거나 머리를 감으면, 금방이라도 거기에 빠져 죽을 것만 같다고, 벌벌 떨면서 말했다. 컵에 물을 받아 마시는 것도 무서워했다. 그래서 아줌마는 늘 더러웠고 냄새가 났다.

아줌마는 여전히 더러워 보였다. 머리카락에는 먼지와 거미줄이 잔뜩 덮여 있었고, 얼굴은 때로 얼룩져 있었다. 우리는 아줌마를 향해 공손히 허리 숙여 인사했다.

"네놈들이 여길 올 줄 알았어. 난, 네놈들이 올 줄 알았다구."

자세히 보니 아줌마의 손에는 호미가 한 자루 쥐어 있었다. 호미의 날은 아줌마의 목을 향해 있었다.

"잘 지내셨어요? 여기 계신 줄 몰랐어요."

시봉이 웃으면서 말했다. 그러자 아줌마는 호미로 창고 바닥을 내리치면서 소리쳤다.

"잘 지냈냐고? 개새끼들, 난 너희 두 놈 때문에 죽을 뻔했어!"

아줌마는 무언가 단단히 화가 난 듯 보였다. 우리는 그것이 무엇 때문인지 알 수 없었다.

"그게 무슨 소리예요, 아줌마? 우린 아줌마와 잘 지냈잖아요? 아줌마는 우리에게 고맙다고 치약도 주고 비누도 주셨잖아요?"

내가 그렇게 말하자, 시봉도 말을 보탰다.

"수건도 주시고, 쓰던 칫솔도 주셨죠. 그 칫솔은 제가 오랫동안 썼는걸요."

아줌마는 잠시 우리를 노려보기만 할 뿐, 말이 없었다. 우리는 계속 창고 안을 두리번거리며 약을 찾았다.

"난…… 단지 살고 싶어서 그랬을 뿐이라고……. 죽은 사람들은 너희들한테 줄 게 없어서 그렇게 된 거고……."

"우린 그냥 부탁을 들어주었을 뿐이에요. 다른 건 아무것도 없어요."

시봉과 나는 그렇게 말한 후, 다시 아줌마에게 허리를 숙여 인사했다. 약은 창고 안에도 없는 것처럼 보였다. 그러니, 또 다른 곳을 찾아봐야 했다.

"내가, 내가 여기 있다고 다른 사람들한테 말할 거야? 그럴 거야?"

아줌마가 물었다. 우리는 다시 고개를 돌려 아줌마를 바라보았다. 아줌마는 엉거주춤, 자리에서 일어나 있었다. 호미는 여전히 손에 쥐고 있었다.

"그걸 원하세요?"

시봉이 한 걸음 아줌마 쪽으로 다가서며 물었다.

"제발, 제발 그러지 마……. 너희들이 원하는 게 이거지?"

아줌마는 캐비닛 뒤에 있던 커다란 쌀자루를 앞으로 끌어당겼다. 알약이었다. 쌀자루 가득 알약들이 채워져 있었다.

시봉과 나는 알약들을 비닐봉투 세 개에 가득 옮겨 담았다. 나머지는 아줌마의 몫으로 남겨 두었다. 그리고 우리는 창고 밖으로 걸어 나왔다. 시봉은 다시 한 번 아줌마에게 허리를 숙여 인사한 후, 말했다.

"우리는 그냥 부탁을 들어줄 뿐이에요. 그게 전부예요."

우리는 시설 밖으로 걸어 나왔다. 내 손에는 원장선생님의 일기와 알약이, 시봉의 손에는 오직 알약만이 들려 있었다. 아줌마는 오랫동안 우리를 바라보고 서 있었다.

## 14. 반장의 임무

시설에 들어간 지 몇 달이 지난 어느 날, 복지사들이 시봉과 나를 사무실로 따로 부른 적이 있었다.

키가 작은 복지사가 우리에게 물었다.

"너희들 여기 들어온 지 얼마나 됐지?"

시봉과 나는 둘 다 제대로 대답을 하지 못했다. 우리 방에는 달력이 없었다. 우리는 날짜가 지나가는 것을 따로 세지 않았다. 매일매일 비슷한 날들이었기 때문이었다. 키가 작은 복지사는 계속 말을 이었다.

"너희들도 어느 정도 여기 생활에 적응된 것 같고 하니까 말이야."

키가 작은 복지사는 우리에게 원생들의 반장을 맡으라고 했다.

"반장이요?"

그때, 시설에는 매일매일 새로운 원생들이 들어오고 있었다. 나처럼 가족의 손을 잡고 직접 시설로 찾아오는 원생들도 있었지만, 대부분은 시봉처럼 총무과장의 승합차를 타고 들어오는 사람들이었다. 원생들이 하나둘 늘어나자 복지사들은 몹시 바빠졌다. 한 명한 명, 따로따로 죄를 물을 시간도 없을 만큼, 복지사들은 이 방에서 저 방으로, 작업장에서 사무실로, 다시 사무실에서 식당으로, 연신 뛰어다녀야 했다. 원생들이 이곳저곳에서 그릇을 깨뜨리거나, 갑자기 고함을 지르면서 넘어지거나, 서로 싸우는 일이 잦아졌기 때문이었다. 어떤 원생들은 복지사들의 바짓가랑이를 붙잡고 제발 집으로 돌려보내달라고, 큰 소리로 울기도 했다. 그때마다 복지사들은 원생들을 향해 지휘봉을 내리치거나, 허리띠를 휘둘렀다. 시봉과 나는 그런 복지사들의 뒤를 따라다니며 우리의 죄를 고백했다. 그래야 마음이 편했기 때문이었다.

"그건 무슨 일을 하는 거죠?"

시봉이 물었다.

"음, 그건 말이지, 원생들을 대표하는 거지."

키가 작은 복지사는, 원생들은 모두 한 가족 같은 사람들이라고 말했다. 함께 밥을 먹고, 함께 일을 하고, 함께 약을 먹고, 함께 잠을 자니, 피를 나눈 가족보다 더 가족 같은 사람들이라고 말했다. 그러면서 가족이란 기쁠 때 같이 웃고, 슬플 때 같이 울고, 누군가 한 명이 잘못했을 땐, 함께 책임을 지는 것이라는 말도 덧붙였다.

"그러니까 너희들이 가장 역할을 하라는 소리야."

키가 큰 복지사가 말을 이었다. 원생들 중 누군가 잘못을 저지르면, 대신 사과하는 것도 반장의 큰 역할이라고 가르쳐주었다.

"한데, 그걸 왜 우리가 해야 하지요?"

내가 그렇게 묻자, 키가 작은 복지사가 바로 대답해주었다.

"너희들이 원생들 중에서 죄에 대해 제일 잘 알고 있는 사람들이니까. 원래 그런 사람들이 가장을 하는 법이거든."

"하지만 우리는 아직……."

내가 거기까지 말했을 때, 갑자기 키가 큰 복지사의 주먹이 얼굴로 날아왔다.

"씨발, 하라면 하는 거지, 뭔 말이 그렇게 많아!"

그래서, 우리는 말없이 반장이 되었다.


우리가 바빠지기 시작한 것은 그다음부터였다. 원생들은 많고, 죄 또한 원생들의 숫자만큼이나 많았기 때문이었다. 우리는 그 죄들에 대해서 하나하나, 원생들을 대신해 복지사들에게 사과하기 시작했다. 그것이 바로 복지사들이 말한 반장의 임무였다.

## 15. 우리가 잊고 있었던 것

매일 아침저녁 다시 약을 먹기 시작하자, 우리는 더 이상 어지럽지 않게 되었다. 속도 더 이상 울렁거리지 않게 되었다. 우리는 다시 시설에 있었을 때처럼 건강해진 것이었다.

시봉과 나는 매일 아침 약을 챙겨먹고 난 후, 아파트 단지 주위를 천천히 산책했다. 걷다가 다리가 아프면 등받이가 있는 벤치에 오랫동안 앉아 쉬기도 했다. 날씨는 점점 따뜻하게 변해가고 있었다. 아파트 화단도 점점 푸릇푸릇한 빛을 띠기 시작했다. 시봉과 나는 말없이 미루나무 가지들을 쳐다보았다. 까치 두 마리가 열심히 집을 짓고 있는 모습이 보였다. 하늘은 점점 더 높아지고 있었고, 아파트 베란다 곳곳엔 색색의 이불 빨래들이 널리기 시작했다.

우리는 벤치에 앉아 있다가, 그 앞을 지나다니는 사람들의 뒤를 졸졸 따라가보기도 했다. 접이식 수레에 폐지를 가득 싣고 걸어가는 할머니의 뒤도 따라가보았으며, 시연 또래의 젊은 여자의 뒤를 말없이 쫓아가보기도 했다. 여자는 흘끔흘끔 고개를 돌려 우리를 바라보다가, 어느 순간 후다다닥 달리기 시작했다. 그래서 우리는 더 이상 여자의 뒤를 쫓지 않았다.

우리는 우편배달부의 뒤를 따라 아파트 계단을 연신 오르내리기도 했고, 중국집 배달원의 오토바이 뒤를 따라 달려보기도 했다. 학교에서 나오자마자 우르르, 오락실로 몰려가는 초등학생들의 뒤를 발맞추어 따라가보기도 했으며, 순찰을 도는 경찰관들의 뒤를 쫓아다니다가 신분증 검사를 받기도 했다. 우리는 신분증을 갖고 있지 않았다. 시연이 집에서 나와 우리 대신 한참 동안 경찰관들에게 무언가를 설명해주었다. 경찰관들이 돌아간 후, 시연은 우리를 보며 길게 한숨을 내쉬었다. 우리는 시연에게 아무런 말도 하지 않았다. 할 말이 별로 없었기 때문이었다.

우리는 청소부의 뒤를 따라가보기도 했으며, 자동차 외판원의 뒤도 따라가보았다. 아파트 경비원의 뒤도 쫓아가보았으며, 우유 배달원과 신문 배달원, 119 구급대원의 뒤도 따라가보았다.

그러다가 우리는 두 남자를 보게 되었다. 그리고 그 이후로 다른 사람들의 뒤는 더 이상 따라다니지 않게 되었다. 우리는 오직 그 두 남자의 뒤만 쫓았다.


그랬다. 우리는 그동안 우리에게 일을 맡길 만한 어떤 사람들을 찾아다닌 것이었다. 시설에서 만난 뚱뚱한 아줌마가, 우리가 잊고 있었던 어떤 것을 기억나게 도와주었다. 우리가 잘할 수 있는 것, 우리가 돈을 벌 수 있는 것, 그래서 시연과 뿔테 안경 남자에게 도

움을 줄 수 있는 것, 시봉과 나는 그것을 생각해낸 것이었다. 포장
과는 또 다른 것.

　사과.

## 16. 두 사람

두 사람은 매일 아침 아파트 공터에서 배드민턴을 쳤다. 한 사람은 덩치가 작았고, 다른 한 사람은 덩치가 컸다. 덩치가 작은 사람은 눈도 작고 머리숱도 얼마 없었으나 대신 귀는 다른 사람들보다 더 컸다. 덩치가 큰 사람은 곱슬머리에 턱수염을 길렀고 배가 불룩 튀어나왔다. 덩치가 작은 쪽은 덩치가 큰 사람을 '동생'이라고 불렀고, 덩치가 큰 사람은 덩치가 작은 사람을 '형님'이라고 불렀다. 그러나 두 사람은 친형제지간은 아닌 것 같았다. 두 사람은 닮은 구석이 전혀 없었다.

두 사람은 한 시간 가까이 배드민턴을 친 후, 함께 물을 마시며 아파트 앞 상가로 걸어갔다. 그리고 그곳에서 한 사람은 과일 가게로, 다른 한 사람은 정육점으로 들어갔다. 덩치가 작은 쪽이 과일 가게, 덩치가 큰 쪽이 정육점이었다. 가게로 들어간 지 10분도 지나지 않아 두 사람은 다시 가게 밖으로 빗자루를 들고 나왔다. 그리고 서로의 가게 앞 도로를 쓸었다. 때때로 그들의 부인들도 함께 나와 비질을 했는데, 부인들끼리도 서로 '형님' '동생'이라고 불렀다.
과일 가게 앞에는 오전 10시, 정육점 앞에는 오전 11시, 각각 트럭이 멈춰 섰다. 그러면 두 남자는 트럭에서 물건을 받아 가게로 들고 들어갔다. 과일 가게 앞에는 매일매일 트럭이 섰지만, 정육점은 이틀에 한 번, 어느 땐 사흘에 한 번 서기도 했다. 과일 가게나 정육점이나 모두 아파트 쪽이 아닌 도로 쪽을 향해 입간판을 내놓고 있었는데, 실제로 과일 가게나 정육점을 찾는 손님들은 모두 도로 건너편 주택가 사람들이었다. 과일 가게 주인이나 정육점 주인이나, 가게 안에서도 늘 도로 건너편을 바라보며 앉아 있었다.

두 사람은 점심도 항상 같이 먹었다. 점심은 언제나 도시락이었다. 하루는 과일 가게에서, 또 하루는 정육점에서, 그들은 가게를 옮겨 다니면서 점심을 먹었다. 때때로 저녁 무렵엔 슈퍼 앞 파라솔 의자에 앉아 함께 캔맥주를 마시기도 했는데, 그러던 어느 날엔 두 사람 모두 슈퍼 아주머니와 말다툼을 벌이기도 했다. 상가 안 공동 화장실 청소 문제 때문이었다. 슈퍼 아주머니는 이번 주는 분명 과일 가게가 청소 담당이라고 말했다. 과일 가게 주인은 그건 아주머니의 착각이라고 말했다. 이번 주는 분명 슈퍼 차례라고 말했다. 슈퍼 아주머니는 자신의 가슴을 탁탁, 쳐가면서 정육점 주인에게 누구의 말이 맞는지 물어보았다. 정육점 주인은 과일 가게 형님이 착각했을 리 없다며, 이번 주는 분명 슈퍼 차례라고 말했다. 그러자 슈퍼 아주머니는 잠시 아무 말 없이 두 사람을 바라보다가, 이내 큰소리로 말했다.

"더러운 놈의 동네. 내가 진짜 이번 달 안에 꼭 뜬다, 꼭 떠!"

두 사람은 퇴근도 항상 같이했다. 밤 10시 무렵, 과일 가게가 셔터를 내리면, 정육점 주인도 밖으로 나와 문을 걸어 잠갔다. 두 사람은 배드민턴채와 도시락 가방을 들고 함께 도로 건너편 주택가로 걸어갔다. 두 사람의 집은 담 하나를 사이에 두고 붙어 있었는데, 지붕 모양도 창문 모양도 모두 똑같은 단층 슬라브 주택이었다. 덩치가 작은 쪽이 "동생, 좋은 꿈꾸게나" 하고 손을 흔들면, 덩치가 큰 쪽은 "형님도 좋은 꿈꾸세요"라고 말하며 허리를 숙였다. 두 사람의 집은 거의 같은 시간에 불이 꺼졌다. 두 집에선 밤새 아무런 소리도 들리지 않았다. 그리고 다시 아침 7시가 되면, 두 남자는 배드민턴채와 도시락 가방을 들고 서로의 대문을 나섰다.

두 사람의 아침인사도 언제나 똑같았다.

"형님, 밤새 좋은 꿈꾸셨어요?"

"그래, 동생도 좋은 꿈꿨고?"

두 사람은 그렇게 말한 후, 아파트 공터까지 천천히 걸어갔다. 그러곤 그곳에서 배드민턴을 쳤다.

시봉과 나는 그 모든 것들을 1주일 넘게, 하루도 빠짐없이 바라보았다. 그것으로 준비는 다 끝난 셈이었다.

# 17. 사과의 시작

시봉과 나는 먼저 정육점 주인을 찾아갔다. 점심을 먹은 직후였다. 정육점 주인은 계산대 위에 신문지를 펼쳐놓은 채 꾸벅꾸벅 졸고 있었다.

우리는 그에게 꾸벅, 허리를 숙여 인사했다. 그는 입술에 묻은 침을 닦으며 자리에서 일어났다.

"무슨 고기를 드릴까요, 손님?"

그는 한 손에 커다란 식칼을 잡고 말했다.

"우리는 고기가 필요해서 온 게 아닌데요. 우린 아저씨를 도와드리고 싶어서 왔어요."

시봉이 그렇게 말하자, 정육점 주인은 식칼을 도로 신문지 옆에 내려놓았다. 그러곤 우리 두 사람을 번갈아가며 바라보았다.

내가 말했다.

"우리는 아저씨 대신 과일 가게 아저씨한테 사과를 할 작정이거든요. 그거 때문에 아저씨를 먼저 찾아온 거예요."

정육점 주인은 물었다.

"사과? 내가? 형님한테?"

우리는 말없이 고개만 끄덕거렸다.

"내가 뭘 잘못했다고 형님한테 사과를 해?"

"잘 생각해보세요, 아저씨. 잘 생각해보시면 아저씨가 뭘 잘못했는지 떠오를 거예요."

정육점 주인은 잠시 미간을 구긴 채 계산대를 내려다보았다. 그는 무언가 골똘히 생각하는 것 같았다.

"형님이 너희들을 보낸 거야?"

"아니요. 우린 그냥 아저씨를 먼저 찾아온 건데요."

"그냥? 왜?"

정육점 주인은 우리 쪽으로 한 걸음 더 다가오면서 물었다.

"우린 이제부터 남들 대신 사과를 해주고 돈을 벌 작정이거든요. 아저씨가 우리 첫 손님이 되어주셨으면 해서요."

시봉은 그렇게 말한 후, 나를 바라보며 고개를 끄덕거렸다. 나도 시봉을 보며 말없이 고개를 끄덕거렸다.

그런 우리를 정육점 주인은 말없이 한동안 바라보았다. 그러곤 갑자기 큰 목소리로 말했다.

"꺼져, 이 미친 새끼들아! 어딜 와서 이간질이야!"

정육점 주인은 냉장고 위에 있던 목장갑을 우릴 향해 집어 던졌다. 목장갑은 우리 발 앞에 떨어졌다. 시봉과 나는 바닥에 떨어진 목장갑을 주워 다시 냉장고 위에 올려놓았다. 그런 후, 꾸벅, 고개를 숙여 인사하고 밖으로 나왔다.

모두, 우리가 예상한 그대로였다.

## 18. 죄를 찾다

두 사람은 변함없이 배드민턴을 쳤다. 변함없이 각자의 가게 앞 도로를 쓸었으며, 변함없이 함께 도시락을 먹었고, 변함없이 함께 캔맥주를 마셨다. 변함없이 함께 가게의 문을 닫았으며, 변함없이 함께 집까지 걸어갔다.

우리는 그것을 계속 지켜보았다.

시봉과 나는 매일매일 점심을 먹은 후, 정육점을 찾아갔다. 그리고 말했다.

"아저씨가 생각하는 것보다, 아저씨의 죄는 훨씬 더 많을 수 있어요."

처음 며칠 동안 정육점 주인은 우리를 볼 때마다 인상을 쓰며 한숨을 내쉬었다. 그러곤 말했다.

"도대체 내가 형님한테 무슨 죄를 지었다고 사과를 하라는 거야? 응? 어디 말이나 한번 들어보자."

그러면 시봉과 나는 차례차례 돌아가면서 얘기해주었다.

"아까 배드민턴공을 높이 띄운 것도 죄가 될 수 있고요."

"도시락 반찬을 두 번 더 집어 먹은 것도 죄가 될 수 있지요."

"파라솔 의자에 먼저 앉은 것도 죄가 될 수 있고요."

"캔맥주를 더 빨리 마신 것도 죄가 될 수 있어요."

"죄는요, 사실 아저씨하곤 아무 상관없는 거거든요."

"아저씨가 생각하는 거, 모두가 다 죄가 될 수 있어요."

"그걸 우리가 아저씨 대신 사과해드린다는 거예요."

"아무래도 아저씬 좀 쑥스러울 테니깐요."

우리가 그렇게 말하면, 정육점 주인은 신문지나 장갑, 볼펜 같은 것을 우리에게 집어 던졌다. 그러면 우리는 그것들을 다시 주워 정육점 주인에게 건넨 후, 꾸벅, 인사를 하고 밖으로 나왔다.


시봉과 나는 정육점에 손님이 있을 때 찾아간 적도 있었다. 정육점 주인은 커다란 식칼로 돼지고기를 얇게, 성냥갑만 한 크기로 썰고 있었다. 파마머리를 한 여자 손님은 팔짱을 낀 채, 그 모습을 가만히 지켜보고 있었다.

우리는 여자 손님 옆에 나란히 서서 말했다.

"저기요, 아까 과일 가게 아저씨 목을 계속 보던데, 혹시 목을 조르고 싶어서 그런 거 아니었어요?"

"그것도 좋은 죄가 될 수 있거든요."

정육점 주인은 한숨을 길게 내쉰 후, 잠시 칼질을 멈췄다. 여자 손님은 눈을 크게 뜨고 우리와 정육점 주인을 번갈아가며 바라보았다. 그러다가 슬금슬금 뒷걸음질을 쳐 정육점 밖으로 빠져나갔다.

우리 얼굴을 향해 비계 덩어리가 날아온 것은 바로 그 순간이었다.
정육점 주인은 소리쳤다.

"꺼져, 이 죽일 놈들아! 목을 확 분질러놓기 전에!"

정육점 주인은 꺼지라고 했지만, 우리는 하루도 빠짐없이 계속
정육점을 찾아갔다. 우리는 정육점 주인이 하루라도 빨리 자신의
죄를 깨닫기를, 진심으로 바랐다. 그래서 우리에게도 하루 빨리 일
거리가 생기기를, 진심으로 원했다. 그래서 우리는, 그가 물을 끼얹
고, 욕을 하고, 침을 뱉을 때도, 그를 원망하지 않았다. 그가 잘 모
르고 한 일이었으니까, 원망이 끼어들 틈은 없었던 것이다.

# 19. 뿔테 안경 남자의 사정

하루는 정육점 주인을 찾아가다가, 파라솔 의자에 앉아 술을 마시고 있는 뿔테 안경 남자를 보게 되었다. 파라솔 탁자에는 이미 소주병 세 개가 쓰러져 있었고, 뿔테 안경 남자는 턱을 괸 채 혼자 앉아 있었다. 의자 바로 아래엔 담배꽁초와 침이 서로 범벅되어 흩어져 있었다. 시봉과 내가 가까이 다가갔지만, 그는 우리를 쳐다보지 않았다.

잠시 후, 슈퍼 아주머니가 빗자루와 쓰레받기를 들고 파라솔 근처로 다가왔다. 아주머니는 남자를 향해 소리쳤다.

"염병할! 술을 처마시려면 곱게 처마실 것이지 침을 왜 뱉어, 침을!"

아주머니는 빗자루로 파라솔 탁자 아래를 쓸었다. 빗자루는 자주 뿔테 안경 남자의 슬리퍼에 가 닿았다.

"그러게 말입니다, 아줌마. 침은 왜 자꾸 이렇게 나오는 걸까요? 내가 3번 마 아롱이도 아닌데 말입니다."

뿔테 안경 남자는 고개를 제대로 가누지 못했다. 말투는 평상시와 달리 느릿느릿했고, 중간중간 딸꾹질을 하기도 했다. 추리닝 지퍼는 배꼽 근처까지 내려와 있었다. 누렇게 때에 전 그의 러닝셔츠에도, 군데군데 촛농 같은 침 자국이 나 있었다.

"으이구, 더러운 놈의 동네, 지긋지긋한 인간들!"

아주머니는 그렇게 말한 후, 다시 슈퍼 안으로 들어갔다. 우리는 그 모습을 가만히 지켜보고 서 있었다.

한참 동안 고개를 푹 숙인 채 앉아 있던 뿔테 안경 남자는, 갑자기 자리에서 일어나 근처 공중전화 박스 쪽으로 비틀비틀 걸어갔다. 시봉과 나도 천천히 그의 뒤를 따라갔다. 그는 몇 번 넘어질 뻔했지만, 다행히 넘어지진 않았다.

그는 수화기를 들고 어디론가 전화를 걸었다.

"여보…… 나야…….”

뿔테 안경 남자는 공중전화 박스 유리창에 이마를 기댄 채 말했다. 유리창에 비친 그의 두 눈은 감겨 있었다.

"나라니까, 나! 나, 벌써 잊었어?"

뿔테 안경 남자는 코가 막힌 듯한 목소리로 말했다.

"그래, 아무 말 하지 마……. 말 안 해도 좋아……. 그냥 내 말만 들어줘, 응? 끊지 말고."

우리는 가만히 뿔테 안경 남자 뒤에 서 있었다. 그런 우리 등 뒤에 할아버지 한 분이 다가와 섰다. 할아버지 또한 공중전화를 걸 모양이었다.

"내가 이대로 갈 순 없잖아, 응? 내가 이대로 당신 곁으로 가면,

당신한테 너무 미안하잖아……. 어느 정도 회복도 하고……."

뿔테 안경 남자는 훌쩍훌쩍 울기 시작했다. 손등으로 눈가를 훔치기도 했다. 우리 뒤에 서 있던 할아버지는 고개를 삐쭉 내밀어 그를 바라보았다. 할아버지는 자주 손목시계를 내려다보았다.

"아롱이가, 우리 3번 마 아롱이가 1등만 먹으면…… 내 그때 한방에 다 회복해서 당신한테 갈게, 응? 지금은 돈이 하나도 없지만, 그땐……."

뿔테 안경 남자의 얼굴은 눈물과 콧물로 범벅이 되었다. 우리 등 뒤에 서 있던 할아버지는 계속 으흥, 으흥, 헛기침 소리를 냈다. 우리는 그때마다 할아버지의 얼굴을 바라보았다.


아무 말 없이 뿔테 안경 남자의 뒤통수를 바라보고 있던 시봉은 어느 순간, 천천히 공중전화 박스 안으로 걸어 들어갔다. 그리고 거의 주저앉아 있다시피 한 뿔테 안경 남자의 허리를 뒤에서 살짝 끌어안아주었다. 한 손으로 그의 어깨를 가볍게 토닥거려주기도 했다. 그러자, 뿔테 안경 남자도 수화기를 내려놓고 등 돌려 시봉을 끌어안았다. 남자는 시봉의 품에 안겨 엉엉, 큰 소리로 울기 시작했다. 나도 천천히 공중전화 박스 안으로 걸어 들어가, 슬쩍 남자의 어깨를 끌어안아주었다. 무엇 때문인지 알 순 없었으나, 왠지 그래야 할 것만 같았다.

공중전화 박스 안은 몹시 비좁아, 우리 세 사람은 옴짝달싹할 수 없었다. 우리 등 뒤에 서 있던 할아버지는 '흥, 쯧쯧' 거리며 계속 헛기침을 해댔지만, 우리 세 사람은 계속 공중전화 박스 안에 서 있었다. 뿔테 안경 남자의 눈물은 좀처럼 멈추지 않았다.

시봉은 남자의 등을 토닥거려주며 작은 목소리로 말했다.

"조금만 참으세요. 우리가 곧 돈을 벌어올게요."

뿔테 안경 남자는 시봉의 말을 듣곤 더 큰 목소리로 울어댔다. 종종 숨도 막히는지 '끅, 끅' 소리를 내기도 했다. 그리고 어느 정도 눈물이 마른 후, 뿔테 안경 남자는 시봉의 귀에 대고 작게, 그러나 나에게도 다 들리는 목소리로 속삭였다.

"좆까, 씨발."

그러니까 그때 알아봤어야 했다. 우리 세 사람이 공중전화 박스에서 나온 후, 왜 할아버지가 수화기를 들지 않고 계속 뿔테 안경 남자만 노려보고 서 있었는지, 그때 깨달았어야 했다. 그때 그 공중전화가 고장이었다는 것을 미리 알았다면, 그랬다면 사정은 조금 달라졌을까? 글쎄, 그건 잘 모르겠다. 그건 그 누구도 모르는 일일 것이다. 그러니 내게 남은 건 오직 사과뿐. 다른 것은 아무것도 없었다.

# 20. 작은 변화들

과일 가게 주인과 정육점 주인은 매일 아침 변함없이 배드민턴을 쳤다. 변함없이 가게 앞 도로를 쓸었으며, 변함없이 함께 도시락을 먹었고, 변함없이 함께 캔맥주를 마셨다. 변함없이 함께 가게 문을 닫았으며, 변함없이 함께 집까지 걸어갔다.

시봉과 나도 변함없이 점심을 먹은 후, 정육점 주인을 찾아가 물었다.

"아직도 사과할 게 떠오르지 않나요?"

정육점 주인은 이제 우리를 봐도 더 이상 장갑을 던지거나 볼펜을 던지지 않았다. 물을 끼얹거나 침을 뱉지도 않았다.

"암만 떠들어 봐도 소용없어, 이 자식들아. 네놈들 술수에 내가 넘어갈 거 같아?"

정육점 주인은 우리에겐 눈길도 주지 않은 채, 커다란 고깃덩어리를 썰면서 말했다. 우리는 매일매일 정육점 주인을 지켜보았다. 그래서 그에게 생긴 작은 변화들에 대해서도 잘 알고 있었다. 그러나 정작, 정육점 주인은 자신에게 생긴 변화가 무엇인지 잘 모르고 있는 것 같았다. 우리는 그에게 그것을 가르쳐주고 싶었다.

시봉이 먼저 말했다.

"한데, 왜 요즈음은 배드민턴공을 그렇게 낮게 낮게만 띄우는 거죠?"

정육점 주인은 움찔, 칼질하던 손을 멈췄다. 그러곤 그제야 우리 얼굴을 바라보았다.

"누가 배드민턴공을 낮게 띄웠다고 그래!"

정육점 주인은 갑자기 목소리를 높였다.

"어제도 그랬고, 그제도 그랬잖아요. 그래서 과일 가게 아저씨가 여러 번 '높이! 높이!' 라고 말했잖아요."

시봉이 그렇게 말하자, 정육점 주인은 아무 말 없이 우리를 노려보기만 했다. 이번엔 내가 말했다.

"왜 오늘 아침엔 과일 가게 앞 도로까지 아저씨가 비질을 한 거죠? 과일 가게 아저씨가 계속 괜찮다고 했는데도 말이에요?"

정육점 주인은 대답 없이, 다시 고개를 숙여 고기를 썰기 시작했다. 고기는 잘 썰어지지 않았다.

우리는 계속, 서로 돌아가면서 말했다.

"며칠 전부턴 도시락 반찬엔 손도 잘 안 대고 맨밥만 드시던데요."

"캔맥주도 예전보다 천천히 마시고요."

시봉과 나는 서로 얼굴을 마주 보며 말하기도 했다.

"트럭에서 과일박스 내리는 것도 도와주고."

"함께 걸어갈 때도 항상 한 걸음 늦게 가고."

그리고 다시 정육점 주인을 바라보며 물었다.

"그건 모두 왜 그렇게 된 거죠?"

"그게 다 죄라고 생각해서 그런 건 아닌가요?"

정육점 주인은 계속 아무 말이 없었다. 탁, 탁, 소리를 내며 고기만 썰었다. 고기는 평상시와 다르게 어떤 것은 굵게, 또 어떤 것은 얇게, 썰렸다.

우리는 그 고기를 오랫동안 바라보다가 밖으로 나왔다. 이제 얼마 남지 않았기 때문이었다.

# 21. 꺼지지 않는 형광등

하루는 아파트 1층 현관을 나서는데, 정육점 주인이 놀이터 근처에서부터 달려와 우리 앞에 섰다. 그는 꽤 오랜 시간 우리를 찾아 헤맸는지, 귀밑머리와 티셔츠가 온통 땀으로 젖어 있었다.

그는 숨을 씩씩, 몰아쉬며 우리에게 말했다.

"네놈들이지! 네놈들이 형수님한테 내 대신 사과했지!"

정육점 주인은 오른손으론 시봉의 멱살을, 왼손으론 내 멱살을 잡았다. 그의 겨드랑이에선 비린내와 땀 냄새가 났다. 그래도 우리는 얼굴을 돌리지 않았다.

"아니요. 우리는 아직 사과하지 않았는데요."

"우린 아직 아저씨한테 부탁을 받지 못했잖아요."

시봉과 나는 그렇게 말했다. 그것이 사실이었다. 하지만, 정육점 주인은 우리의 멱살을 풀지 않았다. 대신, 우리의 멱살을 잡고 앞뒤로 흔들어댔다.

"거짓말! 한데, 형수님이 왜 그러느냔 말이야! 형수님이!"

"형수님이 뭘 어쩌셨는데요?"

시봉이 컥, 컥, 소리를 내며 물었다. 나는 그저 컥, 컥, 소리만 냈다.

"형수님이 날 보는 눈이 왜……."

정육점 주인은 거기까지만 말하고, 입을 다물어버렸다. 그러곤 한참 동안 미간을 구긴 채, 우리를 노려보기만 했다. 우리는 컥, 컥, 하늘만 바라보았다. 정육점 주인은 천천히 멱살 잡은 손을 풀었다.

"정말 형수님한테 아무 말도 안 했다, 이거지?"

그는 다시 한 번 우리에게 물었다. 시봉과 나는 대답 대신 고개를 끄덕거려주었다.

"이상한데……."

그는 고개를 갸우뚱거리며 혼잣말을 했다. 그러곤 등 돌려 느릿느릿 상가 쪽으로 걸어갔다. 우리는 그의 등에 대고 꾸벅, 허리를 숙여 인사했다. 그의 고개는 계속 아래로 푹 수그러져 있었다.


정육점 주인은 저녁 무렵 또 한 번 우리를 찾아왔다. 그러나, 이번엔 우리의 멱살을 잡지는 않았다. 그는 그저 다시 숨만 씩씩, 몰아쉬며 우리에게 물었다.

"너희들이지! 너희들이 세탁소 아줌마한테 말한 거지!"

우리는 고개를 가로저었다. 우리는 세탁소 아줌마한텐 사과할 일이 따로 없었다. 우리는 그것을 정육점 주인에게 말해주었다. 그러자 그는 우리 앞으로 한 걸음 더 다가서면서 물었다.

"확실해? 확실하냐고?"

정육점 주인의 눈 밑은 검게 변해 있었다. 입술은 허옇게 말라붙어 있었고, 목소리는 조금씩조금씩 떨리고 있었다. 우리는 그가 조금 안쓰러웠다. 그러나, 우리가 해줄 수 있는 것은 아무것도 없었다. 시봉과 나는 그저 다시 한 번 고개만 끄덕거려주었다. 우리가 해줄 수 있는 일은 그것이 전부였다.

그날 밤, 정육점 주인의 집에선 작은 목소리가 새어나오기도 했다. 정육점 주인과, 그의 아내의 목소리였다. 과일 가게 주인의 집은 이미 불이 모두 꺼진 상태였다.

"당신, 도대체 요새 왜 그래?"

그의 아내가 물었다.

"내가 뭘?"

정육점 주인이 되물었다.

"이상하잖아?"

"글쎄 뭐가 이상하다고 그러는 거야?"

"그걸 정말 몰라서 묻는 거야?"

우리가 알아들을 수 있는 목소리는 거기까지였다. 그 뒤로는 계속 '읍! 읍!' 거리는 목소리만 들려왔다. 그것은 누군가 누군가의 입을 손바닥으로 틀어막았을 때 나는 소리였다. 우리는 그것을 잘 알고 있었다.

정육점 주인의 집 형광등은 오래오래 꺼지지 않았다. 부엌에선 밤새 달그락달그락거리는 소리가 들려왔다.

## 22. 큰 싸움

상가에서 큰 싸움이 벌어진 것은 그다음 날 점심 무렵이었다. 시봉과 나는 그것을 똑똑히 보았다. 상가 사람들 모두 둥그렇게 모여 그 싸움을 지켜보았다. 그러나 아무도 싸움을 말리진 않았다. 우리도 말리지 않았다. 그것은 우리가 대신 할 수 없는 죄였기 때문이었다.

정육점 주인은, 넘어진 과일 가게 주인의 목 위에 올라타 있었다. 그는 과일 가게 주인의 목을 두 손으로 조르며 소리쳤다.
"왜, 씨발 반찬을 두 번씩이나 집어 먹냐고! 왜! 왜!"
과일 가게 주인은 아무 말이 없었다.

## 23. 죄를 가르치다

시설의 반장이 되고 난 이후, 우리는 원생들 대신 그들의 죄를 복지사들에게 사과하기 위해 이곳저곳을 뛰어다녔다. 그것이 바로 반장의 임무였기 때문이었다.

시봉과 나는 새로 들어온 원생들을 찾아가, 그들에게 물었다.

"뭐 사과할 거 없나요?"

"아무 거라도 상관없어요. 우리가 복지사님들에게 대신 사과해줄게요."

그러면 원생들 대부분은 처음엔 이렇게 말했다.

"난, 정말 잘못한 게 없는데요."

"내가 왜 사과를 해! 너희들 내가 누군지 알아? 이 새끼들, 내가 다 고발할 거야!"

"사과가 뭐지요? 아저씨들은 누구지요?"

하지만, 1주일 정도 지나면 그들 대부분은 우리의 손목을 잡거나 발목을 붙잡은 채 이렇게 말했다.

"제발, 사과해주세요, 네? 사과하면 안 맞는 거, 맞지요?"

"사과해야죠, 암요, 사과하다마다요. 저는 정말 별 볼일 없는 놈이거든요."

"아저씨들은 누구지요? 아저씨들이 사과인가요?"

그때마다 우리는 원생들에게 말했다.

"그럼, 우리한테 먼저 죄를 고백하세요."

"죄를 말해야 우리가 대신 사과해줄 수 있거든요."

"우리가 그냥 그 죄인이 되는 거죠."

하지만 원생들 대부분은 자신의 죄를 알지 못했다. 그래서 우리는 그들의 죄를 하나하나 가르쳐주고, 지어주는 일까지 해야만 했다.

"잘 씻지 않는 것도 죄가 될 수 있지요. 어때요, 그걸로 할까요?"

"마음속으로 생각한 것도 다 죄가 될 수 있어요. 어때요, 여길 도망치고 싶지요? 도망쳐서 여길 신고하고 싶지요?"

"우선 죄를 하나 짓지요. 약을 먹지 않는 죄는 어떨까요?"

원생들은 우리 말에 고개를 끄덕거리거나, "아아, 역시" 하는 짧은 대답을 했다. 얼마 동안 우리 말에 대답을 하지 않고 버티던 원생들도, 결국은 모두 "아아, 역시"라고 말하게 되었다. 우리는 하루도 빠지지 않고, 그들을 찾아가, 그들의 죄에 대해서 말했다. 죄는 많고도 많았다.


처음, 복지사들은 우리가 원생들 대신 사과할 때마다, 우리를 칭찬해주었다.

"그렇지, 이 자식들아. 너희들이 그런 걸 우리한테 먼저 말해줘야지."

"잘하네, 반장. 우리가 반장 하난 잘 뽑았어!"

복지사들은 그렇게 말한 후, 우리에게 이제 그만 가보라고 말했다. 앞으로도 계속 수고하라며 우리 머리를 쓰다듬어주기도 했다. 하지만 우리는 움직이지 않았다. 시봉과 나는 계속 복지사들 앞에 차렷 자세로 서 있었다.

"뭐야, 더 할 말이 있는 거야?"

"왜 그러는데?"

우리는 말했다.

"그냥 보내시면 어떡해요?"

"그러면 대신 사과하는 게 아니잖아요?"

시봉과 나는 계속 복지사들에게 말했다.

"우리를 그냥 보내면 그건 고자질이 되고 말잖아요."

"사과를 받으셔야죠."

"우리를 우리라고 생각하지 마시고……."

시봉과 내가 그렇게 번갈아가며 말하자, 키 큰 복지사가 우리에게 다가왔다. 그는 우리의 뺨을 세게 한 대씩 때렸다.

"에이, 씨발. 말 좆나 많네. 그럼 우리 보고 뭘 어쩌라는 거야!"

시봉과 나는 맞은 뺨을 두 손으로 감쌌다. 그리고 말했다.

"바로 그거예요! 우리를 더 때려주세요! 그래야 대신 사과가 되지요!"

키 큰 복지사와 키 작은 복지사는 아무 말 없이 우리를 멀거니 바라보았다. 서로의 얼굴을 바라보다가 피식, 바람 빠지는 소리를 내며 웃기도 했다. 그러곤 잠시 후, 둘이 함께 우리를 때리기 시작했다. 시봉과 나는 사무실 바닥 이쪽저쪽으로 굴러다니며 복지사들에게 매를 맞았다. 허리띠로도 맞았고, 군홧발로도 맞았고, 지휘봉으로도 맞았고, 주먹으로도 맞았다. 맞는 도중, 시봉과 나는 서로 눈이 마주치기도 했다. 그때마다 우리는 살짝, 복지사들 모르게 이를 드러내고 웃었다. 아마 시봉도 나와 똑같은 기분이었을 것이다. 마음이 편하고, 또 한편 우쭐하기까지 한, 비로소 반장이 된 것 같은 기분. 복지사들에게 매를 맞을 때마다, 그들에게 대신 사과할 때마다, 나는 그것을 느꼈다. 그래서 나는, 시봉은, 계속 원생들 대신 사과를 하게 되었다.

원생들은 우리의 퉁퉁 부어오른 얼굴을 볼 때마다, 자신들의 속옷이나 칫솔, 알약이나 수건 따위를 건네주었다. 어떤 원생은 우리 앞에 울면서 무릎을 꿇기도 했다. 무릎을 꿇고 우리 발목을 어루만지기도 했다.

그때마다 우리는 그들에게 물었다.

"또, 뭐 다른 죄는 없나요?"

# 24. 죽은 사람들

그러던 중, 시설에서 두 명의 원생들이 차례차례 죽는 일이 생기고 말았다.

처음에 죽은 사람은 우리 방에 새로 들어온, 왼쪽 턱에 커다란 점이 있는 중년 남자였고, 그다음에 죽은 사람은 여자원생들 방에 새로 들어온, 우리 또래의 젊은 여자였다.

중년 남자는 내 침대 바로 위 창턱에 자신이 입고 있던 러닝셔츠를 북북 찢어 한 줄로 이은 다음, 거기에 목을 매 죽었다. 우리가 잠들어 있던 밤, 그는 계속 대롱대롱 창가에 매달려 있었던 것이다.

알약을 건네주기 위해 우리 방에 들렀던 복지사들은, 중년 남자를 보자마자 부지런히 사무실과 관사 뒤 창고를 뛰어다니기 시작했다. 그동안 중년 남자는 계속 창가에 대롱대롱 매달려 있었다. 우리는 그 아래 가만히 서 있기만 했다. 자리에 앉는 게 왠지 미안했기 때문이었다.

복지사들은 쌀가마니를 들고 와, 그 안에 중년 남자를 담았다. 그리고 시봉과 나에게 그것을 들고 따라오라고 말했다. 시봉과 나는 중년 남자를 앞뒤로 들고 복지사들을 따라갔다. 가마니는 손에서 자꾸 미끄러져, 중년 남자는 종종 바닥으로 떨어지곤 했다.

복지사들은 삽 두 자루를 들고 시설 뒷산 철조망 근처까지 올라갔다. 겨울이 막 시작될 무렵이어서 잡목과 잡목 사이에는 하얀 서리가 군데군데 내려앉아 있었다. 걸음을 내디딜 때마다 발바닥에선 사각사각, 나뭇잎 부서지는 소리가 났다.

산비탈을 오르며, 키 작은 복지사가 우리에게 물었다.

"뭐, 이상한 낌새 같은 거 없었어?"

우리는 그런 것은 없었다고 말했다.

중년 남자는 우리에게 죄를 고백하지도, 사과를 부탁하지도 않았다. 그는 매일 자신의 침대에 책상다리를 하고 앉아 멀거니 우리를 바라보기만 했다. 딱 한 번, 자기 죄는 자기가 알아서 사과할 테니, 너무 걱정하지 말라고, 우리에게 말한 적이 있었다. 하지만, 우리는 계속 그에게 죄를 물었다. 그것이 반장의 임무였기 때문이었다. 그는 대답 대신 목을 매었다.

"한데, 이런 경운, 우리가 어떻게 대신 사과해야 하지요?"

시봉이 복지사들에게 물었다. 그러자 키 큰 복지사가 시봉의 머리를 삽자루로 내리치면서 말했다.

"땅을 깊이 파, 이 새끼들아! 깊이, 깊이! 그게 이 사람 대신 네놈들이 할 수 있는 유일한 사과야!"

그래서 우리는 반나절이 지나도록 계속 땅만 팠다. 땅은 얼음처럼 딱딱했다. 삽질을 할 때마다 찌릿찌릿, 손목을 타고 전기가 올라

오는 것 같았다. 우리는 땀을 뻘뻘 흘리며 중년 남자 대신 사과를 했다.

젊은 여자는 병 조각으로 자신의 손목을 그은 채, 화장실 좌변기 앞에 쓰러져 있었다. 상처가 난 그녀의 왼손은 좌변기 물속에 담겨 있었다. 머리카락도 반 넘게 물에 잠겨 있었다. 그래서 우리는 젊은 여자의 얼굴을 제대로 볼 수 없었다.

젊은 여자가 죽은 걸 알게 된 후, 복지사들은 우리를 화장실 한쪽 벽에 나란히 세워놓고 마대 걸레와 지휘봉으로 마구 내리치기 시작했다.

"도대체 애한테 뭔 짓을 한 거야, 이 개새끼들아!"

키 작은 복지사는 거의 울먹거리는 목소리로 소리쳤다.

우리는 맞으면서 대답했다.

"우리는 아무 짓도 안 했는데요. 우리는 그냥 대신 사과를 해주겠 다고 했을 뿐인데요."

"그게 반장의 임무니까요."

젊은 여자는 시설에 들어온 다음 날부터 밤마다 복지사들의 방으로 불려갔다. 그러곤 밤새 계속 비명을 질러댔다. 우리는 밤새 그 소리를 가만히 듣고만 있었다.

시봉과 나는 작업장에서 그녀를 마주칠 때마다 늘 우리에게 먼저 죄를 고백하라고, 우리가 대신 밤마다 복지사들의 방에 찾아가서 사과해주겠다고, 얘기했다. 그러면 그녀는 대답 대신 우리 얼굴에 퉤, 침을 뱉었다. 시설의 개새끼들이라고 욕하기도 했다. 우리는 그녀에게 욕하는 것도 좋은 죄가 될 수 있다고, 그걸 대신 사과해주면 어떻겠느냐고 물었다. 그녀는 아무 말이 없었다.

죽기 바로 전날에도 시봉과 나는 그녀에게 죄를 물었다. 그러자, 그녀는 우리에게 말했다.

"너희들도 한 번 줘? 너희들도 한 번 달라고 계속 이러는 거지?"

그녀는 시봉과 내 손을 끌고 화장실로 들어갔다. 그러곤 뒤돌아 우리에게 엉덩이를 내밀며 말했다.

"빨리 해, 이 개새끼들아."

우리는 한동안 그녀의 엉덩이를 바라보며 서 있었다. 유리창에 비친 그녀의 얼굴엔 아무런 표정이 없었다.

시봉이 먼저 천천히, 그녀의 근처로 걸어갔다. 시봉은 쓰윽, 그녀의 엉덩이를 한 번 어루만져주었다. 유리창에 비친 그녀의 두 눈이 감겼다. 시봉은 고개를 돌려 나를 한 번 바라보았다. 나는 시봉을 보며 말없이 고개를 끄덕거려주었다. 그러자 시봉은 곧바로 손바닥으로 세게 그녀의 엉덩이를 내리쳤다. 내리치면서 시봉은 소리쳤다.

"그렇게밖에 못하겠어! 그렇게밖에 못하겠냐고!"

시봉은 원장선생님에게 했던 대사를 그녀에게도 똑같이 해주었다. 하지만 그녀는 원장선생님처럼 대사를 치지 않았다. 그녀는 말없이 계속 맞기만 했다. 어깨가 몇 번, 작게 들썩이기도 했다.

그것이 우리가 본 그녀의 마지막 모습이었다.


우리는 중년 남자 바로 옆에 그녀를 묻어주었다. 시봉과 나는, 맞아서 퉁퉁 부어오른 눈으로, 땅을 팠다. 복지사들은 전나무 둥치 바로 옆에 쪼그려 앉아 삽질을 하는 우리를 지켜보았다.

키 작은 복지사가 말했다.

"씨발, 좋은 애였는데……."

키 큰 복지사는 연신 손을 비비면서 말했다.

"뭘 자꾸 생각을 해? 죽은 애 자꾸 생각하면 재수 없대."

"그래? 정말?"

"그러면 악몽도 꾸고 그러니까, 아무래도……."

복지사들은 담배를 한 개비씩 입에 물었다. 그리고 말했다.

"저 새끼들 이제 반장 그만 시켜야겠어."

"그러게……. 씨발, 저 새끼들 때문에 원생들 다 죽어나가게 생겼네."

"어이, 추워 죽겠네."

"빨리빨리 좀 하자, 이 새끼들아. 날 다 저물겠다!"

복지사들은 작은 돌멩이 하나를 툭, 우리 쪽으로 집어 던졌다. 우리는 말없이 계속 삽질을 했다. 하지만 서운한 마음은 어쩔 수 없었다. 이제 반장도, 사과도, 모두 끝났기 때문이었다.

## 25. 사과는 잘해요

　상가에서 큰 싸움이 벌어지고 난 그다음 날, 정육점 주인이 아침 일찍 우리를 찾아왔다. 정육점 주인은 밤새 한숨도 못 잤는지, 두 눈이 벌겋게 충혈되어 있었다. 머리카락은 지저분하게 뒤엉켜 있었다.

　정육점 주인은 우리에게 대신 사과해달라고 힘없는 목소리로 말했다. 물론 과일 가게 주인에게였다.

　시봉이 말했다.

　"그렇죠. 누군가의 목을 조른다는 건 분명 큰 죄지요."

　나도 정육점 주인에게 말했다.

　"그러니까 먼저 사과했으면 그런 죄는 짓지 않아도 됐을 텐데……."

　정육점 주인은 나를 노려보았다. 그러나 그는 곧 다시 고개를 숙였다.

　"한 가지만 물어보자."

　정육점 주인은 땅바닥을 내려다보면서 물었다.

　"왜 하필 나였냐? 왜 하필 형님하고 나였냐고?"

　시봉과 나는 잠시 서로를 바라보았다.

시봉이 정육점 주인에게 되물었다.

"왜 예전에 슈퍼 아주머니한테 화장실 청소를 뒤집어씌운 적 있었잖아요? 그때 왜 그러셨어요? 아저씨는 분명 과일 가게 주인이 화장실 청소 담당인 걸 알고 있었잖아요? 그래서 아저씨 부인하고도 그 얘기를 했었잖아요?"

"청소……? 그건 그냥……."

"우리는 그전까지는 그냥 지켜만 보고 있었는데, 그때 확실히 알게 되었어요. 아저씨가 과일 가게 주인한테 죄를 짓고 있다는 것을 말이에요. 그래서 그때부터 계속 아저씨를 찾아가기 시작한 거예요."

정육점 주인은 더 이상 우리에게 아무런 말도 묻지 않았다. 우리도 더 이상 정육점 주인에게 말하지 않았다. 그것이 전부였기 때문이었다.


우리는 곧장 과일 가게 주인을 찾아갔다.

과일 가게 주인은 등받이 있는 의자에 비스듬히 앉아 두 눈을 감고 있었다. 그의 목에는 두 장의 파스가 붙어 있었고, 손목에는 시퍼런 멍이 들어 있었다. 그는 조금 지쳐 보였다. 어깨도 예전보다 더 작아 보였다.

우리는 과일 가게 주인에게 꾸벅, 인사를 한 후, 정육점 주인이 보내서 왔다고 말했다. 과일 가게 주인은 그 말을 듣자마자, 고개를 반대편으로 돌려버렸다.

"저희가 정육점 아저씨 대신 사과드릴게요."

"지금부터 저희를 정육점 아저씨라고 생각하시면 돼요."

"저희 목을 정육점 아저씨 목이라 생각하시고 졸라도 좋아요."

시봉과 나는 그렇게 말한 후, 과일 가게 주인 앞에 무릎을 꿇고 앉았다. 그러곤 과일 가게 주인이 쉽게 목을 조를 수 있도록, 고개를 최대한 뒤로 젖혔다. 시봉이 왼손, 내가 오른손 앞이었다.

"그런다고 내가 화를 풀 거 같아? 그럴 거 같냐고?"

과일 가게 주인은 두 눈을 감은 채 말했다.

시봉이 말했다.

"아저씨 화가 풀리든 말든 우리는 계속 여기 이러고 있을 거예요."

과일 가게 주인이 시봉 쪽으로 고개를 돌리며 말했다.

"그게 사과하는 거냐? 그게 사과하는 놈들의 태도야!"

"사과는 원래 같은 죄를 또 짓지 않겠다는 거거든요. 그게 전부예요. 아저씨 마음까지야 저희가 어떻게 해드릴 수 없지요."

과일 가게 주인은 입술을 깨물며 시봉을 노려보았다.

"사과를 받지 않으시면, 정육점 아저씨가 언제 어느 때 또 아저씨 목을 조를지 몰라요. 정육점 아저씬 그게 죄라고 생각하지 않을 테니깐요."

시봉의 말을 듣고 난 후, 과일 가게 주인은 숨을 한 번 깊게 들이마셨다. 나를 한 번 바라보기도 했다. 그러곤 갑자기 시봉의 목을 조르기 시작했다. 손만 뻗으면 바로 거기, 시봉의 목이 있었으니, 과일 가게 주인은 굳이 의자에서 일어날 필요도 없었다.

　과일 가게 주인은 항상 왼손으로만 배드민턴을 쳤다. 돈을 셀 때도 항상 왼손으로만 셌다. 시봉은 목이 졸린 채, 컥, 컥, 소리를 냈다. 한 손으로 바닥을 탁, 탁, 치기도 했다.
　과일 가게 주인은 어깨까지 부르르, 떨면서 한참 동안 시봉의 목을 졸랐다.

## 26. 사과 뒤에 남겨진 것들

　다음 날 우리는 정육점 주인을 찾아가, 과일 가게 주인에게 사과를 했다고, 이제 걱정하지 말라고 말해주었다.

　"형님이…… 사과를 받아주셨어?"

　정육점 주인이 그렇게 묻자, 시봉은 셔츠 깃을 걷어 파스가 두 장 붙은, 자신의 목을 보여주었다. 시봉의 목에는 퍼런 멍 자국도 두세 군데 나 있었다.

　정육점 주인은 아무 말 없이 시봉의 목을 바라보았다.

　"저를 정육점 아저씨라고 생각하면서 아주 세게 졸랐으니까, 이제 괜찮을 거예요."

　정육점 주인은 계속 말이 없었다. 우리는 계속 차렷 자세로 서 있었다.

　정육점 주인은 계산대 서랍에서 편지 봉투를 꺼냈다. 거기엔 돈이 들어 있었다. 그는 그것을 우리에게 건네주었다. 우리는 그에게 꾸벅, 허리 숙여 인사했다.

　시봉이 말했다.

　"뭐, 또 다른 죄는 없나요?"

　정육점 주인은 아무 말 없이 고개를 돌렸다.

정육점은 그다음 날부터 계속 문을 열지 않았다. 과일 가게는 변함없이 문을 열었다. 과일 가게 주인은 혼자 상가 앞 도로를 쓸고, 혼자 도시락을 먹었다. 배드민턴은 치지 않았고, 캔맥주도 마시지 않았다. 그는 매일 혼자 가게 안에 앉아, 도로 건너편 주택가를 바라보기만 했다.

며칠 뒤, 정육점 문 앞에는 '가게 임대'라는 종이가 나붙었다.


우리는 정육점 주인에게서 받은 돈을 뿔테 안경 남자에게 건넸다.

뿔테 안경 남자는 돈을 받자마자, 눈을 크게 뜨고 우리를 바라보았다.

"아니, 처남들이 어떻게……."

우리는 뿔테 안경 남자에게 그동안 있었던 일들을 말해주었다. 그리고 이런 말을 덧붙였다.

"죄는 많고도 많으니까요. 사과도 계속되는 거지요."

뿔테 안경 남자는 추리닝을 챙겨 입고 곧장 밖으로 나갔다. 우리는 그의 뒷모습을 오래오래 바라보았다. 우리는 조금 우쭐한 기분이 되었다.

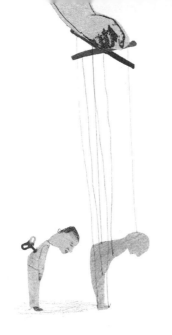

제2장

죄를 만들다

# 1. 면회를 가다

날씨가 더워지기 시작한 어느 날, 시봉과 나는 구치소로 원장선생님을 면회 갔다.

우리는 그 전에 기차역 광장으로 구레나룻 아저씨를 만나러 가야만 했다. 우리는 원장선생님이 어디 있는지 몰랐기 때문이었다.

기차역 광장에는 구레나룻을 기른 아저씨들이 많았다. 그들은 광장 시계탑 아래 동그랗게 모여 앉아 술을 마시거나, 대합실 안 벤치에 앉아 TV를 보고 있었다. 종이박스 안에 들어가 잠을 자는 사람도 있었고, 지나다니는 사람들에게 구걸을 하는 아저씨들도 있었다. 그들은 모두 모자를 푹 눌러쓰고 있었다. 날은 더웠지만, 옷은 여러 벌 겹쳐 입고 있었다.

한 시간 정도 기차역 주변을 돌아다니다가, 우리는 구레나룻 아저씨와 다시 만날 수 있었다. 아저씨가 먼저 우릴 알아보고 다가왔다.

"아니, 이게 누구야! 기둥들 아니야!"

아저씨는 우리 손을 잡고 위아래로 흔들었다. 아저씨는 그 사이 구레나룻이 더 길게 자라 있었다. 입에선 술 냄새가 났고, 뺨은 불에 덴 듯 불그스름했다. 아저씨는 우리 손을 잡은 채, 공중화장실 옆 그늘로 갔다. 그곳엔 다른 세 명의 아저씨들이 신문지를 깔고 앉은 채, 술을 마시고 있었다. 모두 구레나룻과 콧수염을 기른 아저씨들이었다.

"인사들 해. 여긴 전에 나랑 같이 고생했던 내부고발자 청년들이야."

시봉과 나는 아저씨들을 향해 꾸벅, 고개 숙여 인사했다. 아저씨들은 우리에게 술잔을 건넸다. 한 아저씨는 우릴 신문에서 본 것 같다며, 자신은 신문에 나온 사람을 처음 만나본다며 술잔을 건네주었다. 우리는 아저씨들이 건넨 술을 모두 받아마셨다. 이내 몸이 더워졌다.

우리는 구레나룻 아저씨에게 원장선생님이 있는 곳을 물었다.

"원장? 그 쓰레기 같은 인간을 왜 또 만나려고?"

"뭘 좀 물어볼 게 있어서요."

"그런 인간하곤 상종하지 않는 게 좋아."

"꼭 알아야 할 게 하나 있어서요."

구레나룻 아저씨는 잠시 아무 말 없이 우리를 바라보다가, 공중전화 박스 쪽으로 걸어갔다. 시봉과 나는 아저씨의 뒤를 따라갔다. 아저씨는 신문사 세 군데에 전화를 하고 난 뒤, 원장선생님이 있는 곳을 알아냈다. 기차를 타고 30분 정도 가면 나오는 구치소였다.

"거, 뭔 일인지 알 순 없지만, 그 인간 말을 절대 믿으면 안 돼.

거, 다 정신병자 새끼들이라구."

구레나룻 아저씨는 우리 어깨를 두들겨주면서 말했다. 그러면서 혹, 먹고살 일이 막막해지면 자신을 찾아오라는 말도 덧붙였다. 여기는 잘 곳이 아주 많으니까 걱정하지 말라는 말도 했다. 우리는 구레나룻 아저씨에게 다시 한 번 꾸벅, 고개를 숙여 인사했다.

다음 날 아침 일찍, 우리는 구치소로 찾아갔다.

우리는 면회를 신청한 다음, 기차역 대합실 의자처럼 생긴 곳에 앉아 커다란 전광판을 바라보았다. 그곳엔 시봉과 나 말고도 열 명 남짓한 사람들이 앉아 있었다. 사람들은 모두 전광판에 나타나는 면회실 번호와 시간표를 쳐다보고 있었다. 그러다가 깜빡깜빡, 전광판에 새 번호가 뜨면 사람들은 오른쪽에 있는 문을 열고 안으로 들어갔다. 모두 하나같이 느린 걸음걸이였다.

우리는 26번 방으로 안내되었다. 면회실은 시연과 뿔테 안경 남자가 함께 살고 있는 안방보다도 조금 더 작은 곳이었다. 방은, 가운데 세워진 유리벽으로 정확히 이등분되어 있었다. 유리벽 중간엔 퐁퐁퐁, 눈밭 위에 오줌을 눈 것처럼 작은 구멍들이 뚫려 있었다. 시봉과 나는 유리벽 앞에 놓인 철제 의자에 앉았다. 제복을 입은 남자 한 명이 우리를 뒤따라 방으로 들어왔다. 그는 방 오른쪽에 놓인 철제 책상에 앉았다.

제복을 입은 남자가 철제 책상 위에 있는 벨을 누르자마자, 유리
벽 너머 철제문이 열리고, 곧장 원장선생님이 면회실 안으로 들어
왔다. 원장선생님은 위아래 푸른색 옷을 입고 있었다. 오른쪽 가슴
엔 '115'라는 숫자가 적혀 있었다. 몇 달 못 본 사이, 원장선생님의
머리카락은 더 하얗게 변해 있었다. 하지만 뺨과 턱은 이제 막 면도
를 한 듯 깨끗했다. 박하향 로션 냄새가 나기도 했다.

　원장선생님은 유리벽 너머에서 우리를 보자마자 씨익, 미소를 지
었다. 그 미소를 보자마자, 시봉과 나는 거의 동시에 철제 의자에서
일어났다. 그러곤 꾸벅, 원장선생님에게 허리 숙여 인사했다. 우리
는 원장선생님을 만날 때마다 늘 그렇게 했기 때문이었다.

## 2. 내가 알고 싶은 것

"너희들이 찾아올 줄 알았다."

원장선생님은 유리벽 너머, 의자에 앉으면서 말했다. 시봉과 나는 계속 철제 의자 앞에 서 있었다. 제복을 입은 남자가 우리를 잠시 바라보았다. 그는 무언가를 계속 적어나갔다.

"그래, 어떠냐? 세상 사는 게 만만치가 않지? 이제 슬슬 시설이 그리워질 때도 됐을 텐데?"

원장선생님은 우리를 똑바로 바라보면서 말했다. 얼굴엔 계속 미소를 짓고 있었다.

"약은, 약은 어쩌고 있니? 그것 때문에 찾아온 거지?"

우리는 그것 때문에 온 게 아니라고 대답했다. 약은 매일매일 빼먹지 않고 먹고 있다고 말했다.

"너희들이 약이 어디서 나서?"

"원장선생님 관사 창고에서요. 너무 걱정 안 하셔도 돼요. 우린 이제 그 정도는 알아서 할 수 있으니까요."

시봉이 그렇게 말하자, 원장선생님의 얼굴에서 금세 미소가 사라졌다.

"거, 거길 다시 갔었단 말이냐?"

우리는 말없이 고개를 끄덕였다.

"문이…… 문이 다 잠겨 있었을 텐데?"

우리는 거실 유리창을 깨고 들어갔다고 대답했다.

"걱정 마세요. 다른 건 다 멀쩡해요. 원장선생님 일기장도 우리가 잘 보관하고 있어요."

원장선생님은 아무 말 없이 우리를 노려보았다. 우리는, 일기장은 나중에 원장선생님이 돌아오면 돌려드리겠다고 말했다. 원장선생님은 계속 말이 없었다. 두 눈을 감고 한숨을 한 번 길게 내쉬기도 했다.

내가 말했다.

"사실은 물어보고 싶은 게 있어서 왔어요."

원장선생님은 눈을 뜨고 나를 바라보았다.

"물어보고 싶은 거? 네가? 나한테?"

"네. 사실은…… 아버지를 만나보고 싶어서요."

"아버지?"

"원장선생님은 우리 아버지를 만난 적이 있잖아요. 어디 사는지 아는가, 해서요."

나는 원장선생님에게, 내가 알고 싶은 것을 사실대로 물었다. 나는 그것을 알고 싶었다. 계속 시봉의 집에서만 머물 순 없는 일이었다. 그것은 시연이 내게 원하는 일이기도 했다.

원장선생님은 손바닥으로 자신의 얼굴을 한 번 쓱, 문지르고 나서 물었다.

"어디까지 기억나니?"

나는 되물었다.

"뭐가요?"

"네 아버지에 대해서 얼마만큼 기억이 나냐고?"

"그러니까…… 목소리요. 정상이 아니라고 좋아하던 목소리는 기억나요."

"얼굴은? 얼굴도 기억나?"

"아니요. 그걸 알고 싶어서 여기 온 건데요."

원장선생님은 손가락으로 톡톡, 유리벽을 쳐댔다. 그는 무언가를 생각하는 것 같았다.

"그러니까 나를 여기 가둬놓고, 지금 네 아버지를 찾아내라, 이 말이지?"

"네."

나는 시봉을 바라보면서 대답했다. 시봉도 고개를 끄덕거려주었다.

원장선생님은 계속 유리벽을 톡톡, 치며 나와 시봉을 번갈아 바라보았다. 그러곤 자신의 손가락을 바라보며 말했다.

"난, 네 아버지가 어디 있는지 몰라. 그건 너무 오래된 일이야."

나는 좀 실망스러웠다. 그러나 곧 다행이라는 생각도 들었다.

"찾아봤자, 소용없는 일이기도 하고……."

제복을 입은 남자가 철제 책상 위 벨을 길게 한 번 눌렀다. 면회 시간이 거의 다 끝나가고 있었다.

"그것보단…… 너희들에게 급한 일이 하나 있어."

원장선생님은 다시 씨익, 미소를 지었다.

"복지사 애들이 이제 곧 출소를 한단다. 걔네는 집행유예를 받을 거 같거든."

우리는 아무런 말도 하지 않았다. 그게 무슨 뜻인지 알지 못했기 때문이었다.

"걔네는 너희들을 만나고 싶어서 아주 안달이 나 있지."

원장선생님은 그렇게 말한 후, 큰 소리로 웃기 시작했다. 우리는 웃지 않았다.

시봉이 원장선생님에게 물었다.

"한데 여기서도 계속 연극을 하시나요?"

원장선생님은 웃음을 멈췄다. 나도 물었다.

"여기도 원장선생님 엉덩이를 때려줄 사람이 있던가요?"

원장선생님은 제복을 입은 남자를 잠깐 쳐다보았다.

"여기서 나오시면 우리가 엉덩이를 또 때려드릴게요."

제복을 입은 남자가 원장선생님을 바라보았다. 원장선생님은 자리에서 일어났다. 그러곤 반대편 문 쪽으로 빠르게 걸어갔다.

시봉과 나는 거의 동시에, 원장선생님의 등에 대고 말했다.

"그땐 정말 세게 때려드릴게요!"

원장선생님은 아무 말 없이 문 밖으로 걸어 나갔다.

면회는 끝났다.

## 3. 전단지

집에 돌아와 보니, 뿔테 안경 남자가 마루에 쪼그려 앉아 무언가 열심히 쓰고 있는 것이 보였다. 그의 옆에는 종이가 여러 장 쌓여 있었다. 우리는 그의 옆에 엉거주춤한 자세로 섰다. 종이 때문에 앉을 자리가 없었기 때문이었다.

"어, 처남들 왔어. 이것 좀 한 번 봐줄래?"

뿔테 안경 남자는 자리에서 일어나 우리 앞으로 종이 한 장을 내밀었다. 우리는 종이에 씌어진 글자들을 읽었다.

'대신 사과해드립니다. 부모나 부부, 형제, 친지, 친구, 이웃 주민, 직장 동료 사이, 알게 모르게 지은 죄들을 대신 사과해드립니다. 주저 말고 연락주세요.'

전단지 맨 아래엔 시봉의 집 전화번호와 주소, 뿔테 안경 남자의 이름이 적혀 있었다.

"어때? 괜찮지?"

뿔테 안경 남자는 우리를 향해 이를 드러내 보이며 웃었다.

"가만히 생각해보니까 이게 홍보만 잘하면 좋은 사업이 되겠더라구. 홍보는 내가 맡을 테니까, 처남들은 하던 대로 쭉 사과만 하면 된다구."

뿔테 안경 남자는 우리 어깨를 두들겨주면서 말했다. 시봉과 나는 아무 말도 하지 않고 계속 종이만 내려다보았다. 사과만 하면 된다니, 하지 못할 것도 없었다. 우리는 다른 것보다 사과를 잘하기 때문이었다. 나는 계속 종이에 씌어진 '부모'라는 단어를 내려다보며 가만히 서 있었다.


다음 날 아침 일찍부터 뿔테 안경 남자와 우리는 아파트 주변을 돌아다녔다. 뿔테 안경 남자는 자신이 쓴 종이를 아파트 현관 입구에 붙였다. 전봇대와 가로등에도 붙였고, 놀이터 그네 기둥에도 붙였다. 시봉과 나는 종이 모서리에 투명 테이프를 붙여 뿔테 안경 남자에게 건네주었다. 뿔테 안경 남자는 우체통 위에도, 공중전화 박스 유리창에도, 마을버스 정류장 표지판에도 종이를 붙였다.

뿔테 안경 남자는 거리를 지나다니는 사람들에게도 종이를 나누어주었다. 그러면서 뿔테 안경 남자는 말했다.

"사과하실 일 없으신가요?"

"죄지은 일 없으세요?"

"염가로 사과해드립니다."

사람들은 종이를 받아들곤 뿔테 안경 남자와 우리를 빤히 바라보았다. 그러곤 다시 가던 길을 갔다. 바람 빠지는 소리를 내며 웃고 지나가는 사람도 있었고, 쯧쯧, 소리를 내며 인상을 찌푸리는 사람도 있었다. 뿔테 안경 남자는 그들의 등 뒤에 대고 소리쳤다.

"죄는 많고도 많답니다!"

"용기를 내세요!"

사람들은 뒤돌아보지 않았다.


뿔테 안경 남자는 슈퍼 아주머니에게도 종이를 건네주었다.

"제가 이번에 새로운 사업을 시작했거든요."

슈퍼 아주머니는 계산대에 앉은 채 종이를 읽었다. 그러곤 말했다.

"너나 나한테 사과해라. 아, 도대체 외상값은 언제 갚을 건데!"

슈퍼 아주머니가 그렇게 말하자, 뿔테 안경 남자는 괜스레 우리를 바라보며 웃었다.

"그럼 뭐 아주머니한테는 특별히 저희가 싸게 해드릴게요. 같은 동네 사람이고 하니까……."

뿔테 안경 남자는 외상값 대신 사과를 해주겠다고 말했다.

슈퍼 아주머니는 무표정한 얼굴로 말했다.

"나, 더 이상 죄짓기 싫거든. 외상값 안 갚을 거면 어서 가라, 응?"

"아니, 이게 진짜 우리가 확실하게 사과를……."

슈퍼 아주머니는 계산대 위에 있던 걸레를 뿔테 안경 남자에게 집어 던졌다.

"꺼지라고!"

뿔테 안경 남자는 재빠르게 슈퍼 밖으로 빠져나갔다. 우리는 바닥에 떨어진 걸레를 주워, 사등분으로 접은 뒤 다시 계산대 위에 올려놓았다. 그리고 꾸벅, 허리 숙여 인사한 뒤, 슈퍼 밖으로 나왔다.

등 뒤에서 슈퍼 아주머니의 목소리가 들려왔다.

"염병할! 이놈의 동네는 왜 가게를 내놔도 안 빠지는 거야!"

# 4. 총무과장과 식당 아주머니

우리는 다시 구치소로 총무과장을 만나러 갔다. 총무과장이라면 아버지의 주소를 알고 있지 않을까, 생각했기 때문이었다.

하지만 우리에게는 더 이상 기차표를 살 돈이 남아 있지 않았다. 그래서 우리는 뿔테 안경 남자가 했던 것처럼 시연의 핸드백을 뒤졌다. 핸드백을 뒤지기 전, 시봉과 나는 잠든 시연의 앞에 서서 사과했다. 핸드백을 뒤져서 미안하다고, 돈을 가져가서 미안하다고, 고개를 꾸벅 숙이며 말했다. 시연은 말이 없었다. 시연의 지갑엔 지폐가 한 장밖에 들어 있지 않았지만, 우리는 그것을 들고 나왔다. 우리는 이미 사과를 했기 때문이었다.

면회실에서 만난 총무과장 역시, 그러나 아버지에 대해선 아는 게 없었다.

"네 아버지? 난, 모르지. 난 내가 데리고 온 사람들만 책임졌거든. 넌, 그냥 네 발로 걸어 들어온 경우잖아?"

시설에 있을 때, 우리는 가끔 사무실로 내려가 총무과장의 일을 돕기도 했다. 주로 관청에서 오는 전화를 받는 일이었다. 우리는 총무과장이 내민 종이를 보면서 공무원들이 묻는 질문에 대답했다.

공무원들은 물었다.

"성함이 어떻게 되십니까?"

우리는 총무과장이 내민 종이에 적힌 이름을 댔다. 그 이름은 우리 이름이 아니었다. 주로 2, 3일 전, 총무과장의 승합차를 타고 시설에 도착한 사람들의 이름이었다.

"시설엔 어떻게 오게 되었습니까?"

"머리가 너무 아파서요. 갈 곳도 없고, 가족도 모두 연락이 끊겨서요."

우리는 계속 종이에 적힌 대로만 대답했다. 총무과장은 우리 옆에 서서 종이에 적힌 답변들을 손가락으로 계속 짚어주었다. 공무원들은 길게 묻지 않고 서둘러 전화를 끊었다. 통화가 끝나고 나면 총무과장은 우리에게 단팥빵이나 사탕 같은 것을 건네주곤 했다. 시봉과 나는 총무과장이 보는 앞에서 그것들을 다 먹고 난 후, 다시 2층 우리 방으로 올라왔다. 우리는 시설에 원생들이 많아지기를, 우리가 전화를 받을 일이 많아지기를 바랐다. 총무과장이 건네주는 단팥빵과 사탕은 너무 빨리 입 안으로 사라지곤 했다.


"원장선생님도 모른대? 거, 모를 리가 없을 텐데……?"

총무과장은 고개를 갸웃거리며 작은 목소리로 말했다.

시봉과 나는 자리에서 일어나 꾸벅, 총무과장을 향해 인사했다.

면회 시간은 아직 남아 있었지만, 우리는 더 이상 할 말이 남아 있지 않았다.

"왜 벌써 가려고? 잠깐만, 잠깐만. 너희들한테 부탁할 게 하나 있어."

총무과장은 철제 의자에서 일어나 우리를 불렀다. 우리는 다시 자리에 앉아 총무과장의 부탁을 들었다.

시봉과 나는 곧바로 식당 아주머니를 면회했다. 그녀는 우리를 보자마자 고개를 돌렸다. 유리벽 건너편 철제 의자에 앉은 후에도 계속 오른쪽으로 고개를 돌리고 있었다. 하지만 면회실 밖으로 나가진 않았다.

시봉이 말했다.

"우리는 총무과장님의 부탁으로 왔어요."

식당 아주머니는 계속 우리를 바라보지 않았다. 하지만 우리는 계속 말했다.

"총무과장님은 아주머니에게 사과를 하고 싶어해요."

식당 아주머니는 자기 손톱을 하나씩 하나씩 물어뜯기 시작했다.

"총무과장님은 아주머니가 정말 치료가 필요한 환자였다는 걸 예전부터 알고 있었대요."

"아주머니가 갖고 있던 강박증 진단서를 모두 불태워 없애버린 것도 총무과장님이었대요."

식당 아주머니는 계속 말이 없었다. 그러나 우리가 말을 하면 할수록, 손톱을 물어뜯는 속도는 더 빨라졌다.

"총무과장님은 아주머니를 다른 원생들처럼 대하기가 싫었대요."

"그래서 아주머니를 시설 직원으로 만들어버린 거래요."

"그러면 아주머니의 병도 다 낫고, 곧 정상이 될 줄 알았대요."

"아주머니가 정상이어서, 구속될 줄은 정말 몰랐던 거래요."

시봉과 나는 잠시 말을 멈추고, 식당 아주머니를 가만히 바라보았다. 식판에 반찬이나 밥알이 남으면 곧장 집어 던지던 아주머니의 모습이 떠올랐다. 그래서 원생들은 밥을 먹은 후, 종종 식판을 혀로 핥기도 했다.

우리는 계속 말했다.

"여기서 나가면 평생 아주머니에게 사과하면서 살겠대요."

"총무과장님은 아주머니를 좋아했대요."

우리는 그 말을 끝으로 자리에서 일어났다. 하지만, 식당 아주머니는 계속 자리에 앉은 채, 손톱만 물어뜯었다. 제복을 입은 여자가 들어와 아주머니의 팔짱을 꼈다. 아주머니는 자리에서 일어나면서 우리를 바라보았다. 그리고 말했다.

"난, 이제 정상이 됐어. 그러니까 그럴 필욘 없다고 전해."

식당 아주머니는 제복을 입은 여자의 손에 이끌려 반대편 문 쪽으로 걸어갔다. 우리는 그 모습을 바라보며 한참 동안 서 있었다.

우리는 식당 아주머니의 말을 총무과장에게 전하지 않은 채 그냥 집으로 돌아왔다.

## 5. 아이의 사과

전단지를 붙인 지 나흘째 되는 날 오후엔 한 아이가 시봉의 집으로 찾아왔다. 아이의 손에는 뿔테 안경 남자가 붙인 전단지가 한 장 들려 있었다.

아이는 아파트 현관문 앞에 선 채 물었다.

"여기가 대신 사과해주는 곳인가요?"

열 살쯤 되어 보이는 사내아이였다. 날씨는 무더웠지만, 아이는 점퍼를 입고 있었다. 볼엔 허연 얼룩 같은 것이 묻어 있었다. 뿔테 안경 남자는 경마 신문을 든 채, 우리 뒤에 와 섰다. 우리는 아이의 이야기를 들었다.

아이는 어젯밤, 엄마의 지갑에서 지폐 한 장을 꺼내 집을 나왔다고 했다. 그리고 그 돈을 다 써버리느라 미처 집에 들어가지 못했다고 했다. 아이는, 우리가 자기 대신, 엄마에게 사과해주길 바랐다.

"쪼끄만 놈이 어디 벌써부터 가출질이야!"

아이의 말이 끝나자마자, 뿔테 안경 남자는 돌돌 말린 경마 신문으로 아이의 머리를 내리쳤다. 아이는 뿔테 안경 남자를 노려보았다. 아이는, 자신은 열두 살이라고 했다. 그리고 가출이 아니라, 외

박이라고 말했다.

시봉이 말했다.

"그럼, 그냥 네가 직접 엄마한테 사과하면 되잖아?"

그러자, 아이가 말했다.

"아이, 씨. 우리 엄만 성질이 지랄 같단 말이에요."

시봉과 나는 아이와 함께, 아이 엄마를 찾아갔다. 뿔테 안경 남자는 가지 않았다. 그는 전화기 앞에 앉아 경마 잡지를 읽었다. 우리는 뿔테 안경 남자에게 함께 가자고 말하지 않았다. 사과는 우리 몫이었기 때문이었다.

아이 엄마는 시장 한쪽 구석에 있는 작은 가게에서 닭을 튀기고 있었다. 길고 검은 앞치마를 두르고 있었고, 얼굴에선 연신 땀이 흘러내리고 있었다.

아이 엄마는, 아이를 보자마자 닭을 건져내던 긴 쇠집게를 휘둘렀다.

"이 쌍놈의 새끼! 한 번만 더 엄마 지갑에 손대면 그땐 너 죽고 나 죽자고 했지!"

아이는 어깨를 잔뜩 오그린 채, 잽싸게 시봉의 뒤로 숨었다. 아이 엄마는 시봉을 밀치며 계속 쇠집게를 휘둘렀다. 쇠집게가 공중을 가를 때마다 사방으로 기름이 튀었다.

나는 아이 엄마의 손목을 잡고 말했다.

"저기요."

아이 엄마는 숨을 씩씩 몰아쉬며 우리를 바라보았다.

"뭐야, 당신들은?"

"저기, 아이 대신 저희가 사과드리겠습니다."

"뭐라고?"

"저희가 대신 사과드린다고요. 그게 저희 직업이거든요."

아이 엄마는 잠시 우리를 바라보았다. 아이는 계속 시봉의 바지춤을 잡고 서 있었다.

아이 엄마가 말했다.

"할 일 없으면 가던 길이나 마저 가쇼. 내 오늘 저놈의 자식 손모가지를 부러뜨리고 말 테니까."

아이 엄마는 다시 아이를 향해 쇠집게를 휘둘렀다. 아이는 어깨를 이리저리 움직이면서 쇠집게를 피했다.

나는 다시 아이 엄마의 손목을 잡고 물었다.

"손모가지가 부러지면 사과를 받아주시겠어요?"

아이 엄마는 잠시 뚱한 표정으로 나를 바라보았다. 나는 두리번두리번, 고개를 돌려 마땅한 것을 찾아보았다. 그리고 가게 밖 한쪽 구석에 쓰러져 있던 쇠파이프를 집어 들었다. 나는 그것을 시봉에게 건네주었다. 시봉은 쇠파이프를 건네받곤 말없이 내 얼굴을 바라보았다. 나는 시봉을 바라보며 고개를 끄덕거려주었다. 나는 시봉에게 왼쪽 팔을 내밀었다.

"뭐야, 뭐 하는 거야, 지금?"

아이 엄마가 물었다. 아이도 시봉의 뒤에서 나와 우리를 쳐다보았다. 시봉은 곧장 쇠파이프로 내 왼쪽 손목을 내리쳤다. 나는, 나도 모르게 악, 소리를 내며 그 자리에 주저앉았다. 시봉은 내 쪽으로 한 걸음 더 다가와, 다시 한 번 내 왼쪽 손목을 내리쳤다.

"왜, 왜 이래?"

아이 엄마가 말했다. 사람들이 한 명 두 명 우리 주변으로 몰려들었다. 아이는 훌쩍훌쩍, 팔목으로 눈물을 훔치기 시작했다. 시봉은 계속 내 왼쪽 팔목을 내리쳤다.

"잠깐만요……, 조금만 더 하면…… 조금만……."

나는 이를 악물고 말했다.

아이는 큰 소리로 울기 시작했다. 아이는 울면서, 잘못했다고, 다신 그러지 않겠다고, 엄마에게 말했다. 그런 아이를, 아이 엄마가 끌어안아주었다. 아이 엄마가 말했다.

"안 꺼져, 이 개새끼들아! 이 미친 새끼들아!"

시봉과 나는 잠시 아이와, 아이 엄마를 바라보았다. 아이와, 아이 엄마는 계속 끌어안고 있었다.

나는 자리에서 일어났다. 시봉도 쇠파이프를 내려놓았다. 사과는 쉽게 끝난 것 같았다.

우리는 꾸벅, 아이 엄마에게 허리 숙여 인사한 후, 자리를 떴다.

우리가 시장 입구를 벗어날 때까지도 아이의 울음소리는 그치지 않고, 계속 들려왔다. 울음소리는 계속 우리 뒤를 따라왔다.

우리는 사과하기 전, 아이에게서 동전 하나를 받았다. 그것은 아이가 어젯밤부터 오늘까지 쓰고 남은 돈의 전부였다. 적은 돈이었지만, 그러나 또 누군가에겐 전 재산이었다. 시봉과 나는 그것으로 만족했다.

## 6. 작은 새

시연은 가끔 내게 말하곤 했다.

"오빠, 오빠 도대체 언제까지 우리 집에 있을 건데, 응?"

대부분 늦은 밤, 술에 취해 돌아왔을 때였다. 시연은 내 얼굴 가까이, 자신의 얼굴을 들이대면서 말했다.

"난, 정말 두 사람 뒷바라지하기도 힘들다고? 알아? 내가 무슨 보육원 원장이냐고?"

그때마다 나는 대답했다.

"아버지를 찾으면 갈 건데요. 그땐 우리 집이 어디 있는지 알 수 있을 테니깐요."

시연에게선 술 냄새가 났다. 하지만 좋은 냄새도 났다. 나는 시연의 머리카락이 내 뺨에 와 닿는 것이 좋았다. 나는 시연이 내게 무언가를 계속 물어주기를 바랐다. 하지만 시연은 더 이상 묻지 않고 비틀비틀 안방으로 들어가버렸다. 그때마다 나는 오랫동안 안방 문을 바라보며 앉아 있었다. 나는 작은 목소리로, 하지만 뿔테 안경 남자도 돌아갈 집이 있는걸요, 라고 중얼거리기도 했다.

한밤중, 가끔 시연이 잠에서 깨어나 화장실로 들어갈 때가 있었다. 시봉과 나는 거의 매일 마루에서 잤기 때문에 종종 그 모습을 볼 수 있었다. 나는 시연이 화장실에 들어갈 때마다 조용히 자리에서 일어났다. 시봉은 깨지 않았다. 나는 화장실 옆으로 다가가, 문에 귀를 바싹 붙이고 쪼그려 앉았다. 화장실에선 쫄쫄쫄쫄, 오줌 누는 소리가 들려왔다. 나는 그 소리가 마음에 들었다. 쫄쫄쫄쫄, 그것은 작은 새소리를 닮아 있었다. 누군가를 작게 부르는 휘파람 소리를 닮아 있기도 했다. 나는 두 눈을 감고 그 소리를 들었다. 간혹, 새소리 사이사이 훌쩍거리는 소리도 들려왔는데, 그때마다 나는 더 작은 새를 생각했다. 높은 전나무 가지 둥지에 홀로 남겨진 작은 새.

한번은 늦은 밤, 시봉과 함께 시내 중심가까지 전단지를 돌리러 나갔다가, 우연히 시연의 모습을 본 적이 있었다. 시연은 간호사 옷을 입고, 검정 그물 스타킹을 신은 채, 지나다니는 남자들의 팔짱을 끼려 애쓰고 있었다.

시연은 남자들의 팔짱을 낀 채 말했다.

"오빠, 놀다 가요. 내가 잘해줄게, 응?"

남자들은 대부분 시연의 손을 뿌리치고 가던 길을 갔다.

두 명의 남자들이 걸음을 멈추고 시연에게 물었다.

"정말 잘해줄 거야?"

시연은 남자들의 엉덩이를 툭툭, 치며 말했다.

"팁만 두둑이 줘요, 오빠."

남자들이 다시 시연에게 물었다.

"저기…… 우리 둘이 함께해도 될까? 팁은 달라는 대로 줄게."

그러자 시연이 남자들의 손을 놓았다. 시연은 미간을 찌푸렸다.
그러나, 이내 다시 웃으면서 말했다.

"아이, 그러지들 말고 오빠, 한 사람씩 한 사람씩 하자. 내가 잘해
줄게, 응?"

이번엔 남자들이 시연의 손을 뿌리쳤다.

"그럼, 됐어. 우린 따로따로 하는 건 흥미없거든."

남자들은 시연을 남겨놓고 걸어갔다. 시연은 그런 남자들의 뒷모
습을 한동안 바라보았다. 그러다가 다시 남자들 쪽으로 빠르게 뛰
어가 팔짱을 끼었다. 남자들과 시연은 잠시 제자리에 선 채, 말을
나누었다. 그러나, 우리에겐 더 이상 들리지 않았다. 그들과 우리는
너무 멀리 떨어져 있었기 때문이었다.

잠시 후, 남자들과 시연은 한 건물 지하로 들어갔다. 시봉과 나는
그 건물 앞에 오랫동안 서 있었다. 한 시간이 지나고, 두 시간이 지
날 때까지, 남자들과 시연은 나오지 않았다. 시봉과 나는 천천히 집
으로 걸어 돌아왔다. 말은 하지 않았다.


그날 밤, 나는 시연이 오랫동안 화장실 안에서 토하는 소리를 들
었다. 시봉과 뿔테 안경 남자는 코를 골며 잠들어 있었다. 시연은,
쫄쫄쫄쫄, 소리도 내지 않고, 무언가 목에 걸린 듯 계속 웩, 웩, 소

리만 냈다.

　나는 두 눈을 비비며, 화장실 문에 귀를 대고 앉아 있었다. 나는 노크를 하고 싶었지만, 그러나 하지 않았다. 머릿속에선 자꾸 둥지에서 떨어진 작은 새 한 마리가 떠올랐다. 내가 노크를 하면, 다리를 절뚝절뚝거리며, 어디론가 퍼득퍼득, 날아오르려 애쓸 것만 같았다. 나는 그 모습을 보고 싶지 않았다. 나는 계속 두 눈을 비비며, 화장실 문 앞에 앉아 있기만 했다.

　화장실에선 훌쩍훌쩍 우는 소리가 들리더니, 이내 엄마, 하는 작은 목소리가 들려왔다.


　작은 새는 오랫동안 혼자 울었다.

## 7. 의뢰인

전단지를 붙인 지 열흘째 되던 날 저녁, 외출했던 뿔테 안경 남자가 바쁜 걸음으로 되돌아왔다. 그의 뒤에는 양복을 입은, 머리를 단정하게 빗어넘긴 사내가 한 명 서 있었다. 뿔테 안경 남자는 그를 의뢰인이라고 불렀다. 뿔테 안경 남자는 의뢰인을 데리고 안방으로 들어갔다. 우리에겐 잠시 마루에서 대기하고 있으라고 말했다. 시봉과 나는 뿔테 안경 남자의 말대로 마루에서 대기했다. 안방 문에 귀를 바싹 붙인 채 대기했다.

안방에선 의뢰인의 목소리가 먼저 들려왔다.

"이게 잘하는 짓인지 모르겠습니다……."

뿔테 안경 남자의 목소리도 들려왔다.

"하, 거 참, 몇 번이나 말씀드립니까? 그러니까 일단 한번 해보라는 거 아닙니까? 해보고 마음에 들면 그때 돈을 내시면 된다니깐요."

"그래도 그쪽에서 어떻게 받아들일지 몰라서……."

잠시, 라이터 켜지는 소리가 들렸다. 라이터 켜지는 소리는 한 번 더 들렸다.

뿔테 안경 남자가 말했다.

"그러니까 지금 선생님의 아내하고 아들한테 사과하고 싶다, 이

거 아닙니까? 그렇죠?"

"네……."

"어렵게 생각하시면 이게 한도 끝도 없어지는 겁니다. 가만히 있는 것보단 사과하는 게 더 낫죠. 그래야 선생님 마음도 편안해지고요."

"그래도 벌써 10년이나 못 본 사이인데……."

안방 창문을 여는 소리가 들렸다. 안방에선 잠시 아무런 말소리도 들리지 않았다.

이윽고 다시 의뢰인의 목소리가 들려왔다.

"좋습니다. 한번 맡겨보겠습니다."

누군가 방바닥을 한 번 내리치는 소리가 들려왔다.

"잘 결정하셨습니다. 사과는 빠르면 빠를수록 좋지요. 저희가 잘 해드리겠습니다."

"저기 한데요…… 아까 말한 그 여자 얘기 있지 않습니까. 그 얘기는 아내한테 하지 말아주세요……."

"그럴까요? 그럼, 뭐 때문에 아내와 아들을 떠났다고 할까요?"

"그냥…… 나도 모르게 겁이 났다고 해주세요. 사실…… 전, 정말 겁이 났거든요."

"아이가 태어난 게 말이지요?"

"네……. 어쨌든 그냥 보통 아이는 아니었으니깐요……."

누군가의 기침 소리가 들려왔다. 누군가가 가래침 뱉는 소리도 들려왔다.

뿔테 안경 남자가 말했다.

"한데, 선생님하고 동거하던 그 여자 말입니다. 그 여자는 왜 떠난 걸까요?"

안방은 다시 조용해졌다. 라이터 켜는 소리가 다시 한 번 들려왔다.

"제가…… 아기를 낳지 않겠다고 했으니깐요……."


얼마 후, 안방 문이 열리고 뿔테 안경 남자와 의뢰인이 마루로 나왔다. 의뢰인의 얼굴은 좀 전과 달리 지쳐 보였다.

뿔테 안경 남자가 의뢰인에게 우리를 가리키며 말했다.

"인사하시죠, 이 방면 일급 전문가들입니다."

의뢰인은 우리에게 고개를 숙이며 말했다.

"잘 부탁드립니다."

시봉과 나는 말없이 꾸벅, 고개 숙여 인사했다.

"저기, 사례는 정확히 얼마나……."

의뢰인이 거기까지 말했을 때, 뿔테 안경 남자가 그의 손목을 잡아끌었다. 뿔테 안경 남자와 의뢰인은 현관 밖에서 작은 목소리로 이야기를 나누었다. 우리는 그 소리는 제대로 듣지 못했다. 말소리가 너무 작았기 때문이었다.

의뢰인이 돌아간 뒤, 뿔테 안경 남자가 우리에게 말했다.

"젊은 여자한테 눈이 멀어서 지 부인하고 절름발이 아들까지 버린 친군데, 이제 와서 사과하고 싶다는 거야. 참 나, 한심한 친구지."

시봉이 물었다.

"버려요? 아내하고 아들을요? 어디에요?"

뿔테 안경 남자가 가만히 시봉을 바라보았다. 그리고 말했다.

"아니, 그렇게 버렸다는 게 아니고, 가출을 했다는 거야."

시봉과 나는 고개를 끄덕거렸다.

"어쨌든 우리는 사과만 대신해주면 되는 거니까, 뭐."

뿔테 안경 남자는 두 손을 머리 위로 들어 기지개를 한 번 켰다.

"일찍들 자두라고. 내일부턴 바빠질 테니까."

우리는 곧장 마루에 이부자리를 펴고 누웠다. 하지만, 잠은 쉽게 오지 않았다. 저녁 8시도 채 되지 않은 시간이었기 때문이었다. 물을 마시러 마루로 나왔던 뿔테 안경 남자는 멀뚱멀뚱, 오랫동안 우리를 내려다보았다.

## 8. 어머니와 아들


다음 날 오전, 뿔테 안경 남자와 우리는 의뢰인의 아내와 아들을 찾아갔다. 우리에겐 의뢰인이 그려준 약도가 있었다. 약도 아래엔 의뢰인의 집 주소와 전화번호도 적혀 있었다. 사과를 하고 나면, 우리는 곧장 의뢰인에게 연락을 해야 했다.

의뢰인의 아내는 키가 작고, 광대뼈가 툭 튀어나온, 눈꼬리가 아래로 처진 여자였다. 그녀는 사거리 근처에 있는 한 초등학교 앞에서 김밥집을 하고 있었다. 테이블이 세 개밖에 놓여 있지 않은, 작은 가게였다. 의뢰인의 아내와 아들은, 그 김밥집 구석에 딸린 작은 방에서 함께 살고 있었다. 김밥집 유리창 앞에는 커다란 냄비 두 개가 가스불에 설설 끓고 있었는데, 그 안에는 만두와 튀김들이 잔뜩 들어 있었다.

의뢰인의 아내는 파란색 토시를 한 채, 김밥집 출입문 바로 옆에 앉아 김밥을 썰거나, 시금치를 다듬었다. 때때로 창문을 열고 고개를 삐쭉 내밀어 거리를 살펴보기도 했는데, 몇 번인가 초등학교 정문 옆에 서 있던 우리와 눈이 마주치기도 했다. 시봉과 나는 그때마다 그녀에게 허리 숙여 인사하려 했지만, 뿔테 안경 남자가 말렸다.

뿔테 안경 남자는 작은 목소리로 말했다.

"타이밍을 잘 잡아야 해. 그래야 사과도 한 방에 끝나지."

우리는 오후까지 계속 김밥집을 살펴보았다.

오후 들어 김밥집은 바빠졌다. 초등학교에서 아이들이 쏟아져 나왔기 때문이었다. 아이들은 둘씩 셋씩 짝을 지어 김밥집 안으로 들어갔다. 미처 김밥집 안으로 들어가지 못한 아이들은 냄비 앞에 길게 줄을 서서 차례를 기다렸다. 의뢰인의 아내는 혼자 일했다. 혼자 라면을 나르고, 김밥을 나르고, 물을 나르고, 만두를 날랐다. 혼자 거스름돈을 내주고, 혼자 튀김을 포장하고, 혼자 설거지를 했다.

두 시간쯤 지난 뒤부턴 아이 한 명이 책가방을 멘 채, 쟁반을 들고 음식을 나르는 것이 보였다. 머리카락이 눈썹을 가린, 체육복을 입은 아이였다. 아이는 왼쪽 다리를 절룩거리며 테이블과 테이블 사이를 오갔다. 걸음을 내딛을 때마다, 아이의 왼쪽 어깨는 아래로 내려갔다가 다시 올라왔는데, 그러나 쟁반만은 늘 같은 위치, 같은 높이에 있었다. 시봉과 나는 그 아이가 누구인지 알 것 같았다. 이제 우리가 사과할 사람들이 모두 모인 셈이었다. 우리는 뿔테 안경 남자를 바라보았다. 그러나, 뿔테 안경 남자는 아직은 때가 아니라고 말했다. 뿔테 안경 남자는 제자리에 쪼그리고 앉아, 집에서 가져 온 커다란 녹음기를 계속 시험해보았다. 뿔테 안경 남자는 우리의 사과를 모두 녹음할 것이라고 했다. 그것을 의뢰인에게 들려줄 것이라고 했다. 그는 계속 녹음기에 대고 '아, 아' 소리를 냈다. 우리도 함께 '아, 아' 소리를 내보았다. 우리 목소리가 더 크게 녹음되었다. 녹음기에는 아무런 문제가 없었다.

저녁 무렵이 되자, 김밥집은 한가해졌다. 뿔테 안경 남자는 우리의 등을 떠밀었다. 시봉의 한쪽 어깨엔 녹음기가 담긴 커다란 가방을 메주었다. 뿔테 안경 남자는, 자신은 밖에서 상황을 살펴보겠다고 했다. 한꺼번에 세 명이나 들어가면, 여자가 겁을 먹을지 모른다는 말도 했다. 과연. 어쨌든 사과는 우리 몫이었다.

김밥집 문을 열고 안으로 들어가려던 우리는, 그러나 그 자리에 우뚝, 멈춰 서고 말았다. 김밥집 안에서 찰싹, 찰싹, 회초리 때리는 소리가 들려왔기 때문이었다. 우리는 커다란 냄비 옆에 쪼그리고 앉아, 김밥집 안에서 들려오는 목소리를 들었다.

여자가 말했다.

"네가 뭘 잘못했는지 아니?"

아이가 대답했다.

"네, 어머니."

다시 회초리 소리가 들려왔다.

"왜 체육복을 갈아입지 않았지?"

"시간이 부족했어요. 선생님이 다른 때보다 조금 늦게 끝내주셔

서 그만……."

"그건 핑계인 거 알지?"

"네, 어머니……."

김밥집 안은 잠시 조용해졌다.

"자, 그럼, 이제 뭘 해야 하지?"

"자기 전까지 반성문을 쓸게요……."

"난, 널 그런 식으로 키우지 않았다. 넌, 다른 아이들보다 더 반듯하게 행동해야 해. 알지?"

"네, 죄송해요……."

의뢰인의 아내는 방으로 들어갔다. 아이는 책가방에서 종이와 연필을 꺼내, 테이블에 앉았다. 아이는 무언가를 쓰기 시작했다. 우리는 그 모습을 창밖에서 가만히 바라보기만 했다.


뿔테 안경 남자가 우리 뒤에 다가와 물었다.

"뭐야, 왜 안 들어가는 거야? 테이프 다 감기잖아!"

시봉이 말했다.

"지금은 때가 아닌 것 같은데요?"

나도 말을 보탰다.

"지금 들어가면 한 방에 못 끝낼 거 같아요."

뿔테 안경 남자와 우리는 김밥집 안으로 고개를 돌렸다.

아이는 허리를 꼿꼿이 세운 채, 계속 종이 위에 무언가를 쓰고 있었다. 아이의 얼굴은 진지했고, 연필을 쥔 손등에는 퍼런 힘줄이 돋아 있었다. 여자는 단 한 번도 방문을 열어보지 않았다.

## 9. 자세의 문제

우리는 다시 김밥집에 찾아갔다. 뿔테 안경 남자는 이번엔 아들이 없을 때, 김밥집에 들어가자고 했다. 그게 더 빨리 사과할 수 있는 길 같다고 했다.

시봉이 물었다.

"그건 왜 그렇죠?"

"아무래도 엄마들이란 아들 앞에서 다른 남자 얘기하는 걸 별로 좋아하지 않는 법이거든. 그게 아무리 아이 아빠라고 해도 말이야."

우리는 고개를 끄덕거렸다. 뿔테 안경 남자는 이번에도 김밥집 안으로 들어가진 않았다. 그는 계속 밖에서 상황을 살펴보겠다고 했다.

의뢰인의 아내는 계란 부침을 칼로 썰다 말고 자리에서 일어났다. 마른 수건으로 손을 닦으며 우리에게 물었다.

"식사하시게요?"

시봉과 나는 꾸벅, 허리 숙여 인사했다.

"우리는 사과를 전하러 온 건데요. 남편 분께서 부탁을 하셔서요."

시봉은 어깨에 멘 가방을 바라보며 큰 목소리로 말했다.

"사과요?"

"네. 겁먹고 집을 나간 거 말이에요. 그거에 대해서 남편 분께선 사과하고 싶어하십니다."

의뢰인의 아내는 잠시 우리를 바라보았다. 그러곤 다시 자리에 앉았다. 의뢰인의 아내는 썰어놓은 계란 부침을 플라스틱 접시에 담았다. 그녀는 아무런 말도 하지 않았다.

우리는 계속 가방을 바라보며 말했다.

"남편 분은 10년 동안 계속 그 생각만 했답니다."

"다 자기 죄라고 생각했대요."

우리는 의뢰인의 아내 바로 옆에 무릎을 꿇고 앉았다. 그리고 계속 말했다.

"저희를 남편 분이라 생각하시고, 화가 풀리실 때까지 때려도 좋아요."

"저희 목을 졸라도 좋고요."

의뢰인의 아내는 계속 말이 없었다. 그녀는 이번엔 단무지를 썰기 시작했다. 단무지는 처음 썰린 것이나 나중에 썰린 것이나, 모두 크기가 똑같았다. 그녀의 얼굴 표정도 처음과 똑같았다.


우리는 한 시간 동안 계속 무릎을 꿇고 앉아 있다가, 다시 김밥집 밖으로 나왔다. 뿔테 안경 남자가 나오라고 손짓했기 때문이었다. 시봉과 나는 처음엔 제대로 걷지 못했다. 발을 내딛을 때마다, 휘청, 허리가 먼저 꺾였기 때문이었다. 하지만 우리는 곧 다시 괜찮아졌다. 발목만 조금 화끈거렸을 뿐이었다.

뿔테 안경 남자가 물었다.

"잘 안 돼? 왜 이렇게 오래 걸리는 거야?"

시봉이 말했다.

"말을 안 하는데요. 우리를 때리지도 않고요."

내가 말했다.

"혹시 의뢰인을 아예 잊어버린 건 아닐까요? 10년이라면 어쨌든 굉장히 긴 세월이니깐요."

뿔테 안경 남자는 고개를 돌려 김밥집 안을 바라보았다. 의뢰인의 아내는 행주를 들고 테이블을 닦고 있었다. 이제 곧 아이들이 몰려들 시간이었다.

시봉이 나를 보며 말했다.

"어, 그러면 큰일이네. 기억이 있어야지 사과도 될 텐데."

시봉과 나는 뿔테 안경 남자의 얼굴을 바라보았다. 뿔테 안경 남자는 손으로 머리를 한 번 쓸어 올렸다. 의뢰인의 아내는 테이블마다 컵을 갖다놓고 있었다.

"저기 말이야."

뿔테 안경 남자가 말했다.

"자세를 한 번 바꿔보는 게 어떨까?"

시봉과 나는 다시 김밥집 안으로 들어갔다. 우리는 들어가자마자 머리를 땅에 박고 엎드렸다. 테이블과 테이블 사이였다. 양손은 허리춤 뒤로 깍지를 꼈다. 그것이 뿔테 안경 남자가 우리에게 권한 자세였다. 그것은 몹시 어렵고 힘든 자세였다. 정수리는 무언가에 세게 얻어맞은 것처럼 아팠고, 종아리는 저절로 후들후들 떨리기 시작했다. 우리는 그 자세로 여자에게 사과했다.

"어쨌든…… 보통 아이가 아니어서…… 더 겁이 난…… 거래요……."

"찾아오고…… 싶었지만…… 그럴 용기가…… 없었대요……."

김밥집 안으로 초등학생들이 하나둘 몰려들기 시작했다. 아이들은 서로 테이블에 먼저 앉겠다고 말다툼을 했다. 서로 빨리 김밥을 달라고 소리치기도 했다. 우리는 계속 테이블 사이사이, 머리를 땅에 박고 있었다.

아이들 중 몇몇이 우리 주위로 다가와 왜 그러고 있냐고 물었다. 시봉과 나는 그때마다, 우리는 지금 사과하고 있는 중이라고 더듬더듬 대답해주었다. 하지만 곧 대답하는 것도 그만두고 말았다. 너무 많은 아이들이 우리에게 물어왔기 때문이었다. 아이들 중 몇몇은 우리를 따라 땅에 머리를 박고 엎드리기도 했다. 아이들은 머리를 박은 채 낄낄거렸다. 또 몇몇은 우리 등에 올라타려 하기도 했다. 그리고 또 몇몇은 손가락으로 우리 엉덩이를 쿡 찌른 후, 후다다닥 김밥집 밖으로 뛰어나가기도 했다. 우리는 정신이 하나도 없어졌다. 우리는 자주 옆으로 넘어졌고, 그때마다 아이들의 때 묻은 운동화를 보았다. 아이들은 우리가 넘어질 때마다 까르르르, 김밥집이 울리도록 웃어댔다.

여자는 웃지 않았다.

## 10. 무죄의 경우

우리는 계속 김밥집에 찾아갔다. 그리고 김밥집에 찾아간 지 사흘째 되던 날, 처음으로 의뢰인의 아내의 말을 듣게 되었다.

"잠깐 좀 앉아보시겠어요."

시봉과 나는 그때도 머리를 땅에 박고 있었다. 그날, 뿔테 안경 남자는 아예 집 밖으로 나오지도 않았다. 중요한 경마 중계 방송이 있기 때문이라고 했다. 그는 자리에 누운 채, 우리에게 잘하고 오라며 손을 흔들어주었다. 우리도 그에게 손을 흔들어주었다.

우리는 머리에 묻은 흙을 털어내며 자리에서 일어났다. 시봉도 나도, 얼굴이 붉게 변해 있었다. 목덜미에선 연신 땀이 흘러내렸다.

우리는 의뢰인의 아내가 앉은 탁자에 마주 앉았다. 탁자엔 김밥이 놓여 있었다.

"이것 좀 들어봐요."

의뢰인의 아내는 우리에게 젓가락을 내밀며 말했다. 우리는 김밥을 먹기 시작했다. 김밥은 따뜻했고, 부드러웠다. 시봉은 가방을 품에 안은 채, 김밥을 먹었다. 김밥은 자꾸 목에 걸렸다. 너무 급하게 먹었기 때문이었다.

"무슨 사정 때문에 이러시는지 잘 모르겠지만……."

의뢰인의 아내는 두 손을 탁자 위에 모은 채 말했다.

"그 사람한테 가서 전해주세요. 사과할 필요 없다고 말이에요."

우리는 젓가락을 내려놓고 물을 마셨다. 시봉이 김밥을 우물거리면서 말했다.

"하지만 남편분은 죄를 지으셨는걸요? 아주머니와 아들을 버렸잖아요?"

나는 단무지를 집어 먹으면서 말했다.

"그건 분명 큰 죄지요."

의뢰인의 아내는 잠깐 탁자 아래를 내려다보았다. 그리고 말했다.

"그 사람…… 아직도 그 여자랑 잘 살고 있나요?"

시봉과 나는 말없이 서로의 얼굴을 마주 보았다. 우리는 그 여자 얘기를 입 밖으로 꺼낸 적이 없었다. 의뢰인이 그렇게 부탁했기 때문이었다. 하지만, 의뢰인의 아내는 그 여자를 알고 있었다. 우리는 그다음부턴 계속 입을 다물고 있을 수밖에 없었다.


저녁 무렵, 우리는 의뢰인과 뿔테 안경 남자와 함께 녹음기를 가운데 두고 뺑 둘러앉았다. 의뢰인은 퇴근하자마자 우리를 찾아왔다. 의뢰인은 자주 한숨을 내쉬었고, 자주 담배를 피워댔다.

녹음기에서 여자의 목소리가 흘러나오기 시작하자, 의뢰인은 두 눈을 감았다. 그러곤 고개를 아래로 푹 수그렸다. 녹음기에선 몇 번

컥컥거리는 소리도 새어 나왔다. 그건 우리들이 내는 소리였다. 그 소리를 듣자 뿔테 안경 남자가 우리를 노려보았다.

녹음기 속 의뢰인의 아내는 말했다.

"그 사람이 그렇게 떠나고…… 네 번인가, 아이를 업고 그 사람 회사 앞으로 찾아간 적이 있었어요. 그때…… 많은 걸 알게 되었죠. 그래서 그다음부턴 기다리지 않게 되었고요. 벌써 꽤 오래된 일이네요."

의뢰인의 아내는 그 말을 하면서 짧게 미소를 짓기까지 했다. 우리는 그것을 의뢰인에게 말해주고 싶었으나, 하지 않았다. 의뢰인의 목이 벌겋게 달아오른 것을 보았기 때문이었다.

"처음엔 원망을 많이 했는데…… 시간이 지나고 나니까 오히려 고맙더라구요. 어쨌든 일찍 그 사람에 대해서 알게 되었으니까 말이에요. 아이가 말을 배우기 전에 떠나준 것도 고맙고요……. 다행히 아이는 그나마 상처를 덜 받게 되었죠. 전, 그냥 그걸로 만족해요. 이제 사과니, 용서니, 서로 그런 걸 할 사이는 아닌 거 같아요."

의뢰인은 와이셔츠의 맨 윗 단추를 풀었다. 뿔테 안경 남자는 담배를 빼 물었다. 우리는 계속 책상다리를 하고 앉아 있었다.

"그러니까 이제 그만 찾아오셔도 될 거 같아요. 그 사람한테도 그냥 지금까지 살아온 것처럼 계속 그렇게 살아가자고 전해주시고요."

의뢰인의 아내 목소리는 거기까지였다. 그 뒤로는 주로 우리들의 목소리가 들려왔다. 저기요, 튀김도 주시면 안 될까요, 물 좀 더 주세요, 같은 말들.


　의뢰인은 녹음기가 꺼진 뒤에도 계속 고개를 숙이고 있었다.
　뿔테 안경 남자가 말했다.
　"뭐 그렇게 걱정 안 하셔도 될 거 같네요. 이렇게 몇 번만 더 하면 금방 사과를 받아줄 거 같아요. 원래 여자들이란 처음엔 다 이렇게 아닌 척하지 않습니까?"
　의뢰인이 느릿느릿 말했다.
　"아닙니다…… 이제, 그만 해주시지요……."
　뿔테 안경 남자가 의뢰인 곁으로 무릎걸음으로 다가갔다.
　"무슨 그런 약한 소리를 하십니까? 이제 다 됐다니깐요? 말만 저렇게 하는 거예요."
　의뢰인은 고개를 가로저었다.
　"아닙니다, 아니에요……. 내가 생각이 짧았어요……. 나는 그래도 아직까지 나를 생각하고 있는 줄 알았는데…… 그게 아니었어요……."
　의뢰인은 두 손으로 얼굴을 감쌌다. 그러곤 한참 동안 그 자세 그대로 앉아 있었다. 뿔테 안경 남자는 아랫입술을 깨문 채, 의뢰인을 쳐다보았다. 시봉과 나는 계속 꺼진 녹음기를 바라보았다. 녹음기를 보고 있자니, 다시 한 번 튀김이, 김밥이, 먹고 싶어졌다.

의뢰인이 돌아간 후, 뿔테 안경 남자는 우리에게 신경질을 냈다. 아파트 정문까지 의뢰인을 쫓아 내려갔다가 돌아온 직후였다.

뿔테 안경 남자는 말했다.

"뭐야, 같이 설득했어야지? 나만 좋자고 하는 일이 아니잖아!"

시봉이 대답했다.

"우린 아무 말도 안 했는데요?"

"그러니까 그게 잘못됐다는 거 아니야! 첫 손님을 그냥 이렇게 보내면 어떡해! 내가 얼마나 힘들게 구한 손님인데!"

"아줌마는 정말 그게 죄가 아니라고 생각하는데 어떻게 해요?"

"그래도 계속 죄라고 믿게 만들어야지!"

뿔테 안경 남자는 손바닥으로 방바닥을 내리치면서 말했다. 우리는 그 모습을 가만히 바라보기만 했다.

내가 말했다.

"그럼, 이제 또 다른 죄를 지으면 되죠, 뭐."

"뭐?"

"그게 죄가 아니라니까, 이제 다른 죄를 지으면 된다구요. 죄가 돼야 사과도 되죠."

"그게 무슨 말도 안 되는 소리야! 이제 와서 무슨 죄를 또 지으라는 거야!"

"죄는 많고도 많으니까 또 지을 수도 있는 거죠, 뭐."

내가 그렇게 말하자, 뿔테 안경 남자는 더 이상 묻지 않았다. 그는 오랫동안 같은 자리에 앉아 담배를 피웠다. 그는 무언가를 생각하고 있는 것 같았다.

시봉과 나는 일찍 잠자리에 들었다.

## 11. 죄를 만들다

다음 날 오후, 시봉과 나는 초등학교 정문 앞에서 김밥집 여자의
아들을 기다렸다. 아이들이 한꺼번에 정문 밖으로 쏟아져 나와 어
지러웠지만, 우리는 쉽게 김밥집 여자의 아들을 찾아낼 수 있었다.
왼쪽 발을 저는 아이는 한 명밖에 없었기 때문이었다.

시봉이 아이에게 말했다.

"너, 저기 김밥집에 살지?"

아이가 말했다.

"그런데요?"

"잠깐 우리랑 얘기할 수 있을까?"

"제가 지금 좀 바빠서요."

아이는 우리 옆을 지나쳐 김밥집을 향해 걸어갔다.

"네 아빠 얘긴데."

아이가 걸음을 멈췄다. 그리고 뒤돌아 우리를 바라보았다.

"우리랑 같이 네 아빠 만나러 가지 않을래? 우린 지금 네 아빠를
만나러 갈 거거든."

아이는 계속 말없이 우리를 쳐다보았다. 몇 번 김밥집 쪽을 바라
보기도 했다. 김밥집 앞 냄비 근처에는 벌써 아이들이 길게 줄을 서

기 시작했다. 아이는 손목시계를 내려다보다가, 천천히 우리 쪽으
로 걸어왔다. 모두, 우리가 생각한 그대로였다.

　우리는 아이와 함께 의뢰인의 집을 찾아갔다. 우리는 의뢰인의
집 주소를 알고 있었다. 그가 그려준 김밥집 약도 아래엔, 의뢰인의
집 주소와 전화번호도 적혀 있었다.
　우리는 두 시간도 넘게 걸었다. 멀기도 먼 곳이었지만, 아이의 걸
음이 느렸기 때문이었다. 아이는 자주 손목시계를 내려다보았고,
몇 번 어디론가 공중전화를 걸기도 했다. 통화는 계속 되지 않았다.
　걸어가면서 아이가 말했다.
　"전, 아저씨들을 알아요."
　시봉도 아이에게 말했다.
　"우리도 널 알아."
　"우리 집에 계속 찾아온 게 우리 아빠 때문이었죠?"
　"응. 너희 아빠 부탁을 받았거든."
　아이는 잠시 말이 없었다. 그러다가 다시 물었다.
　"아빠가 절 만나고 싶어 하나요?"
　"널 만나야 사과도 되니깐, 또 도망가진 않을 거야."
　우리는 계속 걸었다. 아이는 더 이상 아무런 말도 하지 않았다.
손목시계도 더 이상 보지 않았다. 그저 절뚝절뚝, 고개를 숙인 채
걸었을 뿐이었다.

의뢰인의 집은 빨간 지붕을 얹은 다세대주택 3층에 있었다. 우리는 대문 앞에 쭈그려 앉아 의뢰인을 기다렸다. 날은 금세 어두워졌고, 골목엔 하나둘, 가로등이 켜졌다. 골목을 지나다니는 사람들이 우리를 바라보았다. 아이는 책가방에서 공책을 꺼내, 무릎에 올려놓고 무언가를 쓰기 시작했다.

시봉이 물었다.

"너도 아빠한테 사과 받고 싶은 게 없니?"

아이는 글씨를 쓰면서 말했다.

"아니요. 전, 많아요."

내가 물었다.

"뭔데? 우리가 대신 받아줄게."

아이가 우리를 바라보았다.

"아저씨들 바보예요? 아저씨들한테 대신 사과 받으려면 제가 뭣하러 여기까지 왔겠어요?"

우리는 고개를 끄덕거렸다. 아이 말이 맞았기 때문이었다. 아이는 다시 공책에 글씨를 쓰기 시작했다. 우리는 더 이상 아이에게 아무런 말도 묻지 않았다. 아이를 방해하고 싶지 않았기 때문이었다.

의뢰인은 밤 10시가 넘어서야 집으로 돌아왔다. 한 손엔 검은 비닐봉투를 들고 있었다. 의뢰인은 우리와 아이를 보고 그 자리에 멈춰 섰다. 아이는 절뚝절뚝, 다리를 절며 우리 옆에 와서 섰다.

의뢰인이 우리에게 물었다.

"이, 이게…… 어떻게 된 일입니까……?"

의뢰인은 계속 아이만 바라보았다. 아이 또한 의뢰인만 쳐다보았다.

내가 말했다.

"죄를 하나 더 지으시라고요. 새로운 걸로."

시봉이 말했다.

"그래야 사과도 할 수 있으니깐요."

"그, 그게 무슨……."

의뢰인은 무슨 말인가를 더 하려 했지만, 우리는 듣지 못했다. 우리는 그 말을 끝으로, 의뢰인과 아이만 남겨두고, 곧장 골목길 끝쪽으로 뛰기 시작했다. 뛰면서 우리는 계속 뒤를 돌아보았다. 의뢰인과 아이는 한참 동안 우리를 바라보고 서 있었다. 그러다가 어느 한순간, 흘낏, 서로를 마주 보았다. 우리는 그것을 본 뒤로는 더 이상 뒤돌아보지 않았다. 그것만으로도 충분했기 때문이었다.

시봉과 나는 계속 달리기만 했다.

## 12. 하지 못한 말

다음 날, 우리는 밖으로 나가지 않고 하루 종일 집 안에서만 머물렀다. 뿔테 안경 남자는 오전 일찍부터 경마 신문을 들고 외출을 했다.

시봉과 나는 벽에 허리를 기댄 채 말없이 창문 밖을 바라보거나, 신발장 바로 앞에 있는 작은 선인장을 오랫동안 들여다보면서 오전 시간을 보냈다. 탁구채처럼 생긴 선인장 잎사귀 하나에 돋은 가시는 모두 일흔다섯 개였다. 그다음 잎사귀엔 예순일곱 개가 돋아 있었다. 창밖에선 매미가 울고 있었고, 창틀 그림자는 왼쪽에서 오른쪽으로 천천히 기울어지고 있었다. 냉장고에선 가끔씩 가래 끓는 듯한 소리가 났다.

시연이 출근한 늦은 오후엔 싱크대 밑에 있던 원장선생님의 일기장을 읽어보기도 했다. 원장선생님의 일기엔 우리 방 창가에서 목매달아 죽은 중년 남자 이야기와, 화장실 좌변기 옆에서 죽은 젊은 여자 이야기도 적혀 있었다. 두 날짜 모두 '시설원생 한 명 사망' 으로 시작되어, '복지사 두 명, 아이들 두 명, 시신 수습 및 매장 완료' 로 마무리되어 있었다. 아이들은 분명 시봉과 나, 우리 두 명이 분명했다. 일기 곳곳엔 그런 '아이들'이 자주 나왔다. 매번 함께 밥을 먹고, 함께 약을 먹고, 함께 포장을 하고, 함께 잠을 자는 '아이들' 이었다.

일기를 읽다 말고, 나는 시봉에게 물었다.

"저기 말이야, 혹시 넌 나한테 사과할 마음 같은 거 없어?"

시봉은 나를 가만히 바라보았다.

"사과? 너한테?"

"그래."

"글쎄…… 난 아직 없는 거 같은데."

시봉은 고개를 갸웃거렸다. 그리고 물었다.

"왜? 넌, 있어?"

나는 잠깐, 매일 밤 잠에서 깨어나 화장실 문 앞에 앉아 있는 내 모습을 떠올렸다. 시봉은 자고 있고, 나는 깨어 있었다. 그래서 그 것은 시봉은 모르고, 나만 아는 일이 되어버렸다. 나는 그것을 사과 해야 할지, 말아야 할지, 알 수 없었다. 사과를 하게 되면, 그것은 곧장 죄가 되었기 때문이었다.

나는 한동안 시봉의 눈을 바라보다가, 천천히 말했다.

"나? 나도 잘 모르겠어."

우리는 다시 원장선생님의 일기를 읽어나갔다. 일기 어디에도 우리가 원장선생님의 관사에 찾아간 일은 나와 있지 않았다.

한참 후, 시봉이 말했다.

"저기 있잖아."

나는 말없이 시봉의 얼굴을 바라보았다.

"나중에 혹시 나한테 사과하고 싶은 마음이 생기면 말이야."

"그러면?"

"그냥 너한테 해."

"나한테? 너한테 할 사과를?"

"응."

시봉은 슬쩍 웃으면서 고개를 끄덕거렸다.

내가 물었다.

"왜?"

"뭐, 내 대신 네가 받아도 되니까."

나는 고개를 끄덕거렸다. 그리고 말했다.

"너도 마찬가지야."

우리는 마주 보고 잠깐 웃었다. 그리고 다시 원장선생님의 일기를 읽어나갔다.


그러니까 그때까지만 해도 나는, 내가 시봉에게 사과하는 순간이 그렇게 빨리 다가올지 몰랐던 것이다. 알았다고 해도 답은 똑같았겠지만, 그래도 이렇게 계속 시봉의 그 말이 생각나는 것을 보니, 무언가 할 말을 다하지 못한 게 분명했다. 그 말은 무엇이었을까? 나는 지금도 그것을 알지 못한다.

## 13. 대신할 수 없는 사과

　우리는 김밥집 여자를 훔쳐보았다. 여자는 가게 문은 열어놓았지만, 장사는 하지 않았다. 유리창 앞 커다란 냄비 아래 가스 불도 꺼져 있었다. 아이들 몇 명이 가게 안으로 들어갔지만, 얼마 지나지 않아 다시 밖으로 나왔다. 여자는 출입문 바로 옆에 가만히 앉아 창밖만 바라보고 있었다. 두 손은 탁자 위에 가지런히 모여 있었다. 아이는 사흘째 돌아오지 않고 있었다.

　우리는 가게 안으로 들어갔다.
　시봉이 먼저 말했다.
　"우리는 아이가 어디 있는지 알아요."
　여자는 우리 쪽으로 고개를 돌리지 않았다. 계속 창밖만 바라보았다.
　"아이는 지금 아빠랑 함께 있어요."
　여자가 말했다.
　"나도 알아."
　여자의 목소리는 예전과 달랐다. 여자는 우리에게 반말을 썼다.
　"그걸 어떻게 아시죠?"

"아이가…… 전화를 했거든."

여자는 자리에서 일어나 테이블을 행주로 닦기 시작했다. 테이블은 먼지 하나 없이 깨끗했지만, 여자는 계속 행주질을 했다.

내가 물었다.

"그건 죄가 분명하지요?"

시봉도 물었다.

"이제 우리가 대신 사과하면 받아주실 건가요? 우리는 아이를 다시 데리고 올 수도 있어요."

"아니."

여자가 바로 대답했다.

"아이는 곧 올 거야. 그런다고 했으니까, 꼭 올 거야."

우리는 여자가 있는 테이블 근처로 다가갔다.

"그러면 우리가 어떻게 사과해야 하나요? 우린 정말 남편 분 대신 사과하고 싶거든요."

여자가 행주질을 멈췄다. 여자는 두 눈을 질끈 감았다. 행주를 쥔 여자의 팔뚝이 부르르, 떨렸다.

"그럼, 그 인간 대신 죽어줄 수 있어?"

여자는 낮은 목소리로 물었다. 시봉과 나는 말없이 서로를 마주 보았다. 우리는 다시 여자를 바라보았다.

"그런 거 아니면 그냥 돌아가. 난…… 그 전엔 절대 용서할 마음 같은 건 없으니까."

여자는 다시 테이블을 닦기 시작했다. 우리는 그런 여자의 옆에 한참 동안 가만히 서 있다가, 꾸벅, 인사를 한 후 김밥집 밖으로 빠져나왔다. 그건 미처 우리가 생각해보지 못한 사과였기 때문이었다. 우리 둘 다 죽어야 된다는 건지, 우리 중 한 명만 죽어도 된다는 건지, 우리는 알 수 없었다. 알 수 없었기 때문에 시봉과 나에겐 어려운 사과가 되어버렸다.


우리는 곧장 의뢰인의 집으로 찾아갔다. 의뢰인에게 다른 죄를 짓는 게 어떠냐고 물어볼 작정이었다.

하지만 의뢰인은 집에 없었다. 집에는 아이 혼자 남아, 욕실을 청소하고 있었다.

시봉이 말했다.

"네 아빠는 어디 가셨니?"

아이는 하얀 솔로 변기를 닦아내며 말했다.

"출근했죠. 이제 곧 돌아올 거예요."

"넌, 왜 학교에 안 갔어?"

아이는 대답하지 않았다. 아이는 머리를 아래로 더 숙이고 욕실 바닥을 박박 문질러댔다.

내가 물었다.

"우리랑 같이 엄마한테 가지 않을래?"

우리는 일단 아이를 원래대로 되돌려놓는 게 좋겠다고 생각했다.

그다음에 다른 죄를 생각하는 게 좋을 것 같았다.

하지만 아이는 고개를 흔들었다.

"나중에요."

"나중에? 왜? 아직 사과 받을 게 남았어?"

아이는 절뚝절뚝, 세면대 앞으로 걸어가 벽에 달린 거울을 닦기
시작했다. 물방울이 우리 무릎 아래로 튀었다.

"아직도 많아요."

우리는 거울에 비친 아이의 얼굴을 보았다. 아이의 얼굴엔 아무
런 표정도 없었다.

시봉이 물었다.

"그런데 왜 네가 청소를 하는 거야? 넌, 사과 받는 사람이잖아?"

아이는 잠시 거울을 닦던 손을 멈췄다. 그리고 거울 속 우리를 노
려보았다.

"더 미안해지라구요. 그게 내가 여기 있는 이유예요."

아이는 거울에 확, 물을 끼얹었다. 아이 얼굴과 우리 얼굴이 함께
흘러내렸다.

# 14. 아빠와 아들

의뢰인은 해가 지기 전, 집으로 돌아왔다. 그의 한 손에는 동화책과 만화책이 여러 권 담긴 쇼핑백이 들려 있었다. 다른 한 손에는 바나나와 사과가 든 비닐봉투가 들려 있었다.

의뢰인은 시봉과 나를 보자마자 덥석 악수부터 했다.

"고맙습니다. 이게 다 전문가 선생님들 덕분입니다."

의뢰인은 우리 덕분에 자신과 아들 사이가 좋아졌다고 말했다. 아들이 자신을 많이 이해하게 되었으며, 예전보다 훨씬 더 밝아졌다는 말도 했다. 시봉과 나는 그의 말을 가만히 듣기만 했다.

의뢰인은 우리에게 저녁식사를 함께하자고 했다. 그러곤 곧장 중국 음식을 배달시켰다. 의뢰인과 아이, 시봉과 나는 식탁에 둘러앉아 자장면과 탕수육을 먹었다. 의뢰인은 아이의 접시에 자주 탕수육을 올려놓아 주었다. 그때마다 아이는 살짝살짝 고개를 숙였다. 그 모습을 말없이 지켜보던 시봉도 내 접시 위에 탕수육을 올려놓아 주었다. 나는 그냥 받아먹기만 했다.

식사가 다 끝난 후에도 우리는 계속 식탁에 앉아 있었다. 의뢰인은 몇 번 곁눈질로 우리를 바라보다가, 아이와 함께 속옷 차림으로 욕실 앞에 섰다.

의뢰인은 평소보다 더 큰 목소리로 말했다.

"하하, 제가 예전부터 이걸 꼭 한 번 해보고 싶었거든요."

의뢰인은 아이와 함께 욕실로 들어갔다. 우리는 곧장 욕실문에 한쪽 귀를 바싹 붙이고 그 자리에 쪼그려 앉았다.

욕실에서 의뢰인의 목소리가 들려왔다.

"물이 너무 차갑지 않니?"

아이의 목소리도 들려왔다.

"아니요, 괜찮아요."

"그래. 뒤돌아보렴."

누군가 물을 끼얹는 소리가 들렸다. 물이 하수구 안으로 빨려 들어가는 소리도 들렸다.

"여기, 이 허리에 난 상처는 언제 그런 거야?"

"유치원 때요."

"아니, 어쩌다가……?"

"우리 같은 애들은 다 하나씩 있는 상처인걸요, 뭐."

욕실에선 이후, 아무런 소리도 들려오지 않았다. 우리는 다시 식탁에 앉았다.


우리는 욕실에서 나온 의뢰인에게 아이를 다시 돌려보내고, 다른 죄를 찾아보는 게 어떠냐는 말을 했다.

의뢰인의 얼굴은 금세 바뀌었다.

"그게 무슨 말씀이십니까?"

"그건 우리가 사과하기 좀 어려운 죄라서요. 다른 죄로 바꿔주시면……."

의뢰인은 아이를 안방으로 들여보냈다. 그리고 다시 우리 앞에 섰다.

"아빠가 아들하고 사는 게 무슨 죄라고 그러세요? 전, 그럴 마음 없습니다."

"아내 분한테 사과 안 하세요? 우리는 그거 때문에 아이를 데리고 온 건데요."

의뢰인은 고개를 왼쪽으로 돌렸다. 의뢰인의 눈길은 TV 옆에 세워진 액자에 가 닿았다. 한 여자와 한 남자가 코를 맞댄 채 찍은 사진이 액자에 끼어 있었다. 남자는 의뢰인이 분명했으나, 여자는 모르는 얼굴이었다.

의뢰인은 말했다.

"아니요. 난, 아이한테만 사과할 겁니다. 생각해보니, 이 모든 게 다 아이 때문이었거든요."

시봉과 나는 말없이 고개를 끄덕거렸다. 그러곤 식탁의자에서 일어나 안방으로 들어가려 했다. 의뢰인이 우리를 막아섰다.

"왜, 왜들 이러시는 겁니까?"

시봉이 말했다.

"아이는 우리가 데리고 왔으니까, 다시 우리가 데려다주려고요. 그다음엔 아저씨 마음대로 하세요."

시봉은 안방문 손잡이를 잡았다. 의뢰인은 시봉의 손을 잡았다.

"정말 이러시깁니까?"

"우리가 데려다준 다음에 아저씨가 다시 데려오시면 되잖아요? 우린 이 사과는 하기 힘들어요."

의뢰인은 안방 쪽을 한 번 돌아본 후, 우리에게 작은 목소리로 말했다.

"돈도 다 받으시고 이러시면 어떡합니까?"

"돈을요?"

"말씀하신 계좌로 어제 다 보내드렸잖아요? 그게 다 사과 때문에 보내드린 돈이잖아요."

시봉과 나는 서로의 얼굴을 바라보았다. 우리는 더 이상 의뢰인에게 할 말이 없어졌다. 우리는 그에게 꾸벅, 고개를 숙인 후 집으로 돌아왔다.

## 15. 기다리다

우리는 뿔테 안경 남자를 기다렸다. 뿔테 안경 남자는 이틀 내내 집으로 돌아오지도, 전화를 걸어오지도 않았다. 시봉과 나는 슈퍼 앞 파라솔 의자에 앉아 밤늦도록 뿔테 안경 남자를 기다렸다. 도로 저편에서 누군가 걸어오는 것이 보이면, 시봉과 나는 자리에서 일어나 그에게로 다가갔다. 그들은 대부분 일을 끝내고 집으로 돌아오는 노동자들이거나, 빈 박스를 등에 이고 걸어오는 할머니들이었다. 시봉과 나는 한참 동안 그들을 말없이 바라보다가 다시 파라솔 의자에 가 앉았다. 여름 밤하늘은 낮고도 깊어, 머리를 뒤로 젖히고 가만히 쳐다보면, 약을 처음 먹었을 때처럼 어지럽고, 또 어지러웠다. 별은 가까이 있었고, 달은 한쪽으로 계속 미끄러져 갔다. 시봉은 날아다니는 모기를 잡느라 계속 박수를 쳤다. 더운 바람이 몇 차례 훅, 우리 얼굴을 스치고 지나갔다.

우리는 시연이 퇴근할 때까지도 계속 파라솔 의자에 앉아 있었다. 새벽 3시가 넘은 시각, 시연은 한 손으로 이마를 짚은 채 천천히 걸어왔다. 시연은 우리를 보고 발걸음을 멈췄다. 그녀에게선 언제나 그랬던 것처럼 술냄새가 났다.

시연이 물었다.

"여기서 뭐 하는 거야?"

우리는 지금 뿔테 안경 남자를 기다리고 있는 중이라고 대답했다.

"그 인간, 아직까지 안 들어왔어?"

시연은 미간을 찌푸렸다. 핸드백에서 담배를 한 대 꺼내 물었다.

"뭘 그런 인간을 밖에 나와서까지 기다리고 그래? 어서 들어가."

내가 작은 목소리로 말했다.

"영영 안 돌아올까봐 그렇죠."

"그 인간이? 쳇…… 그 화상 영영 안 돌아오면 좋지, 뭐."

"정말 영영 안 돌아와도 괜찮아요?"

시연은 잠깐 내 얼굴을 바라보았다. 담배 연기가 내 머리 위쪽으로 퍼져나갔다.

"그럼, 내가 엉엉 울기라도 할까봐?"

시연은 담배를 문 채 집으로 걸어갔다. 시봉도 나도, 그녀의 뒤를 따라갔다. 그녀는 걸어가면서 담배 한 대를 더 꺼내 물었다. 담배 연기는 자꾸만 자꾸만 뒤로 퍼져나갔다. 그녀 대신 담배 연기가 오래오래 아파트 정문 입구에 남아 있었다.

시봉과 나는 다음 날 오후, 다시 한 번 김밥집 앞에 가보았다. 하지만 안으로 들어가진 않았다. 우리는 예전처럼 초등학교 정문 앞에 서서 오랫동안 여자를 바라보았다. 여자는 여전히 김밥집 문은 열어놓은 채, 장사는 하지 않고 있었다. 출입문 옆에 허리를 꼿꼿이 세우고 앉아 있는 것도 똑같았다. 시봉과 나는 잠깐, 그녀에게 다시 한 번 사과를 해볼까, 몇 걸음 앞으로 걸어 나가기도 했지만, 이내 그만두고 말았다. 그녀가 기다리고 있는 것은, 우리가 아니라는 것을 잘 알고 있었기 때문이었다. 우리가 할 수 있는 것은 뿔테 안경 남자를 기다리는 것, 오직 그것뿐인 것 같았다.

뿔테 안경 남자가 돌아온 것은 집을 나간 지 나흘째 되는 날, 새벽이었다. 우리는 아파트 정문 앞에서 그를 만났다. 그때까지도 우리는 계속 그를 기다리고 있었다. 우리는 그에게 꼭 하나 확인할 게 있었기 때문이었다.

## 16. 사과를 돕다


뿔테 안경 남자는 우리를 보자마자 우뚝, 그 자리에 멈춰 섰다. 그리고 말했다.

"어, 이게 누구야? 우리 처남들 아니야?"

뿔테 안경 남자는 우리를 보고 웃었다. 그에게선 술 냄새가 많이 났다. 그는 가만히 서 있지 못하고 계속 왼쪽으로 비틀거렸다.

시봉이 말했다.

"우리는 계속 기다리고 있었어요."

"나를? 뭘, 나 같은 놈을 기다리기까지 해? 그냥 아롱이랑 잘 있겠거니, 하지."

뿔테 안경 남자는 주머니에 있던 손을 빼, 시봉의 어깨를 툭, 쳤다.

내가 물었다.

"정말 사과하실 거예요?"

뿔테 안경 남자가 나를 바라보았다.

"사과? 무슨 사과?"

"김밥집 여자한테요."

"김밥집 여자한테 내가 왜 사과를 해? 사과는 처남들이 해야지. 안 그래, 전문가들?"

뿔테 안경 남자는 내 어깨도 툭, 쳤다. 하나도 아프지 않았다.

"우리는 그 사과는 못 하겠는데요?"

"못 해? 그래? 그럼 하지 말지, 뭐. 괜찮아, 안 해도."

뿔테 안경 남자는 내 얼굴 가까이 자신의 얼굴을 들이대고 말했다. 그의 귓불은 붉게 변해 있었다. 안경 알엔 작은 기름 띠가 번들거렸다.

"그럼, 돈은 다시 돌려주실 건가요?"

"돈? 무슨 돈?"

"의뢰인이 계좌로 보낸 돈 말이에요. 우린 이미 다 알고 있어요. 사과를 안 하면 그 돈도 다시 돌려줘야죠."

뿔테 안경 남자는 한 손으로 머리를 쓸어 올렸다. 후아, 소리를 내며 크게 심호흡을 하기도 했다. 그리고 잠시 우리를 말없이 노려보았다. 시봉과 나는 계속 처음 그 자세 그대로 서 있었다.

뿔테 안경 남자가 말했다.

"거, 처남들은 모르겠지만 말이야, 다 쓸 데가 있었던 돈이라고. 사업이란 걸 하다보면 말이야……."

시봉이 물었다.

"아롱이한테 다 주셨나요?"

나도 말했다.

"돈을 못 돌려주면 사과라도 대신 해야죠."

그러자, 뿔테 안경 남자가 큰 소리로 말했다.

"거, 진짜……. 까짓것 내가 사과하면 되잖아!"

"언제 하실 건데요?"

"그 여자는 계속 기다리고 있거든요."

뿔테 안경 남자는 두 손으로 내 어깨를 탁, 밀쳤다. 그리고 말했다.

"씨발, 지금 하면 될 거 아니야! 지금 한다고 이 새끼야!"


우리는 뿔테 안경 남자를 데리고 곧장 김밥집을 향해 걸어갔다.

달도 뜨지 않은 어두운 밤이었다. 가로등은 모두 꺼져 있었고, 도로엔 차 한 대 지나다니지 않았다. 여름밤이었지만, 공기는 차가웠다. 먼 곳에서 오토바이 소리가 들려왔다.

뿔테 안경 남자는 걸어가는 도중 전봇대 앞에 서서 오줌을 한 번 눴다. 그리고 세 번, 보도블럭에 발이 걸려 넘어졌다. 시봉과 나는 그때마다 그의 허리를 잡고 다시 일으켜 세워주었다. 세 번째 넘어졌을 때, 뿔테 안경 남자는 도로턱에 머리를 벤 채 그대로 잠들어버렸다. 우리는 그를 번갈아 업어가며 김밥집을 향해 걸어갔다. 나보다 시봉이 더 오래 그를 업었다. 뿔테 안경 남자는 시봉의 등 뒤에서 코를 골았다. 나는 그의 벗겨진 신발 한 짝을 들고 따라갔다. 뒤축이 구겨진, 주름이 많은 구두였다.


김밥집에 도착한 후, 우리는 잠시 그를 커다란 냄비 옆에 눕혀 놓았다. 그런 후, 출입문 옆 차양 쇠파이프 한쪽에 묶여 있던 붉은색 노끈을 풀었다. 시봉과 나는 노끈의 한쪽 끝부분을 뿔테 안경 남자의 목에 감았다. 잘 풀어지지 않게, 여러 번, 돌려 묶었다. 그래도 뿔테 안경 남자는 잠에서 깨어나지 않았다. 입술만 몇 번 달싹거렸을 뿐이었다.

시봉과 나는 출입문 앞으로 걸어가 노끈의 반대쪽 끝을 양손으로 잡았다. 지나다니는 사람은 아무도 없었다. 김밥집 안에서는 아무런 소리도 들리지 않았다. 우리는 서로 잠깐 눈을 마주친 후, 힘껏 노끈을 잡아당겼다. 뿔테 안경 남자의 허리가 들어올려졌다. 짧게, 무슨 소리가 들렸으나, 우리는 노끈을 놓지 않았다. 우리는 좀 더 세게 노끈을 잡아당겼다. 뿔테 안경 남자의 두 발이 공중에 들어올려졌다. 그의 두 발은 공중에서 빠르게 허우적거렸다. 시봉과 나는 노끈을 놓지 않았다. 뿔테 안경이 땅바닥으로 떨어지는 것이 보였다. 동전 몇 개도 요란한 소리를 내며 아래로 떨어졌다. 종이 몇 장도 펄럭거리며 우리 발치 앞으로 천천히 떨어졌다. 반이 잘려나간 마권이었다. 그리고 이내 조용해졌다. 노끈은 더 무거워졌다.


시봉과 나는 노끈의 반대쪽 끝 부분을 김밥집 출입문 손잡이에 묶었다. 출입문을 열면 곧장 뿔테 안경 남자의 얼굴이 보이도록, 끊어지지 않게, 팽팽하게 묶었다.

시봉이 이마에 난 땀을 닦으며 말했다.

"이제 됐나?"

나는 말없이 고개만 끄덕거렸다.

시봉은 잠깐 뿔테 안경 남자를 올려다보았다. 나도 잠깐 위를 올려다보았다. 뿔테 안경 남자는 양손을 아래로 늘어뜨린 채 천천히, 왼쪽에서 오른쪽으로 돌고 있었다. 얼굴은 잘 보이지 않았다. 고개를 푹 숙이고 있었기 때문이었다.

시봉과 나는 그에게 꾸벅, 고개를 숙여 인사했다.

우리는 곧장 집으로 돌아왔다.

# 17. 사과를 지켜주다

이후 며칠 동안, 우리는 많은 사람들을 만나야만 했다. 우리가 만난 사람들은 주로 경찰관들이었다. 우리는 그들을 경찰서 안 조사실에서 만났다.

그들은 시봉과 나에게 뿔테 안경 남자가 죽었을 때, 그 자리에 함께 있었느냐고 물었다. 우리는 함께 있었다고 대답했다.

"그럼, 죽은 남자가 목을 매는 것도 다 봤겠군?"

우린 그건 보지 못했다고 대답했다.

"못 봤다? 한데, 그럼 그 밤에 거기까지 왜 같이 간 거지?"

"그걸 원했거든요. 그때 바로 사과한다고 했으니까요."

"사과?"

시봉과 나는 경찰관에게, 뿔테 안경 남자는 의뢰인 대신, 의뢰인의 죄를 사과하기 위해 죽은 것이라고 말해주었다.

"그러니까 지금 죽은 남자가 남의 죄를 대신해 자기 목숨을 내놓은 거다, 이 말인 거지?"

우리는 경찰관의 질문에 말없이 고개를 끄덕거렸다.

"허, 거 예수가 따로 없구먼."

경찰관은 볼펜으로 탁자를 두들기며 말했다.

169

시봉과 나는 따로따로 조사를 받기도 했다. 나는 머리를 짧게 자른 경찰관에게 조사를 받았고, 시봉은 나이가 많이 든 경찰관에게 조사를 받았다.

머리가 짧은 경찰은 책상 위에 서류 뭉치를 탁, 소리 나게 내려놓으며 말했다.

"그냥 사실대로만 말하면 돼. 너희들이 도와준 거지? 너희들이 줄을 잡아당긴 거 아니야?"

나는 대답했다.

"아니요. 우린 곧장 집으로 돌아왔는데요."

"한데 왜 김밥집 출입문엔 온통 너희들 지문밖에 없지? 너희들이 출입문에 노끈을 묶은 거 아니야?"

"우린 그 전에도 김밥집을 자주 갔었으니깐요. 그래서 지문이 묻었을 거예요."

경찰은 한동안 서류를 뒤적거렸다. 손가락으로 톡톡, 자신의 관자놀이를 두들기기도 했다.

"이게 말이 안 되잖아? 멀쩡한 사람이 왜 남의 집 앞에 가서 죽냐고?"

"사과를 대신해주는 조건으로 돈을 받았으니까요. 그 사과가 죽어야만 되는 사과였거든요."

"그게 무슨……."

나는 뿔테 안경 남자의 사과를 지켜주고 싶었다. 그래서 끝까지 우리가 도와주었다는 말은 하지 않았다. 그건 시봉도 마찬가지였을 것이다. 우리가 도와준 부분은 너무 작았기 때문이었다.

우리는 경찰서 복도에서 김밥집 여자를 만났다. 그녀는 우리를 보고도 인사를 하지 않았다. 말없이, 고개를 숙인 채 조사실 안으로 들어갔다. 우리는 의뢰인도 만났다. 의뢰인은 우리를 보자마자 "아니, 이게 어떻게 된 일입니까?"라고 물었다. 그는 조금 놀란 표정이었다. 우리는 가만히 고개만 끄덕거려주었다. 의뢰인 또한 김밥집 여자가 들어간 조사실로 들어갔다. 그들은 한참 동안 조사실 밖으로 나오지 않았다.

경찰서 복도에서 시연을 만난 것은 그로부터 만 하루가 더 지난 후의 일이었다. 그녀는 장의자에 앉아 있는 우리를 보자마자 그 자리에 우뚝, 멈춰 섰다. 그러곤 아랫입술을 깨문 채, 한참 동안 우리를 노려보았다. 시봉은 그런 그녀를 향해 한 손을 흔들며 밝게 웃어주었다. 나는 꾸벅, 고개 숙여 인사를 했다.

시연이 들어간 조사실에선 이따금씩 커다란 목소리가 밖으로 흘러나왔다. 주로 시연의 목소리였다.

"그냥 그 화상이 사고를 친 거라고요! 원래 술만 처먹으면 사고를 치는 인간이라구요!"

복도를 지나다니던 사람들이 걸음을 멈추고 조사실 문을 바라보았다. 그들은 우리를 바라보기도 했다. 우리는 등받이에 허리를 기 댄 채 가만히 앉아 있기만 했다. 그들은 다시 가던 길을 갔다.

"글쎄 오빠들은 그런 일을 할 만한 사람들이 아니라니깐요! 오빠 들은 환자란 말이에요, 환자!"

조사실은 다시 잠잠해졌다.

저녁 무렵, 우리는 시연을 따라 집으로 돌아왔다. 나이가 많이 든 경찰관은 우리를 또 부를 수도 있으니, 다른 곳에 가지 말라고 말했다. 우리는 그러겠다고 대답했다. 달리 갈 곳도 없다는 대답도 했다.

집으로 돌아오는 내내, 시연은 아무런 말도 하지 않았다. 그녀는 우리보다 두세 걸음 앞서 걸어가며 한 번도 뒤를 돌아보지 않았다. 그리고, 집으로 돌아오자마자 시연은, 안방으로 들어가 엉엉, 큰 소 리로 울기 시작했다.

시봉과 나는 안방으로 들어갔다. 시연은 침대에 얼굴을 묻고 계 속 울기만 했다. 우리를 바라보지도 않았다. 시봉이 그녀의 어깨를 토닥거려주었다.

시연이 우리를 바라보며 소리 질렀다.

"왜 그랬어! 왜 그랬어, 이 미친 새끼들아!"

시연은 베개로 시봉을 내리쳤다. 울면서 머리와 어깨를 내리쳤 다. 시봉은 가만히 맞고만 있었다.

내가 말했다.

"영영 안 돌아와도 괜찮다고 했잖아요? 그러면 좋다고 말했잖아요?"

"뭐?"

"분명 엉엉 울지도 않을 거라고 말했잖아요?"

시연은 대답하지 않고 내 얼굴을 바라보았다. 그러곤 다시 등 돌려 침대에 얼굴을 묻고 어깨까지 들썩거리며 울었다.

시봉이 말했다.

"저기 부인한테 연락해야 하지 않을까?"

시연은 울먹거리면서 말했다.

"그 인간이 부인이 어디 있다고 그래? 부인이……."

"지난번에 보니까 통화도 하던데?"

그러자, 시연은 더 큰 소리로 울기 시작했다.

"그 화상은 술만 처먹으면 그렇게 주정을 한다고…… 그게 그 인간 술버릇이라고……."

시연은 더 이상 말을 잇지 못했다.

# 18. 사과는 사과를 만든다

경찰서에서 돌아온 그 다음다음 날, 우리는 의뢰인의 집으로 찾아갔다. 의뢰인이 우리에게 잠깐 와달라고 부탁했기 때문이었다.

시봉과 나는 의뢰인과 함께 거실에 마주 앉았다. 아이는 안방에 있었다. 평일이었지만, 의뢰인은 출근하지 않고 있었다. 잠옷 바람 그대로였다.

의뢰인은 계속 담배를 피웠다. 시봉과 나는 아무 말 없이 거실을 둘러보았다. 지난 번 보았던, TV 옆 액자는 어디론가 사라지고 없었다. 식탁 아래에는 축구공 하나가 놓여 있었다.

의뢰인이 입을 뗐다.

"경찰서 일은 잘 해결되셨나요?"

우리는 고개를 끄덕거리며 대답했다.

"네. 걱정하실 거 없어요."

의뢰인은 재떨이에 담뱃재를 털다 말고 잠시 우리 얼굴을 바라보았다. 담뱃재는 거실 바닥에 떨어졌다.

의뢰인은 다시 고개를 숙이고 말했다.

"정말…… 그 사람이 저 대신 죽은 건가요?"

우리는 말없이 고개만 끄덕거렸다. 그것이 사실이었기 때문이었다.

"정말 다른 이유가 있었던 건 아니었고요? 저는 사실을 알고 싶습니다."

"그런 건 없었어요. 모든 건 다 사과 때문이에요."

"아니, 아무리 그래도…… 이게 말이 안 되지 않습니까? 그건 그냥 단순히 말로 해도 되는 거고…… 그러다가 안 되면 그만두어도 상관없는 일인데……."

"그러게 왜 사과를 하기도 전에 돈을 주셨어요? 돈을 받았으니까 사과를 안 할 수도 없잖아요."

우리 말에 의뢰인은 더 이상 대꾸를 하지 않았다. 어디선가 전화가 걸려왔지만, 의뢰인은 받지 않았다. 아이가 빠끔, 안방 문을 열고 우리를 바라보았다. 아이는 우리와 눈이 마주치자마자 다시 문을 닫았다.

의뢰인이 말했다.

"저기…… 부탁이 하나 있습니다."

시봉과 나는 의뢰인의 얼굴을 빤히 바라보았다.

"아이를…… 아이를 다시 그 사람한테 데려다주십시오……."

시봉이 물었다.

"왜요? 이젠 사과해서 아무 걱정 안 하고 함께 살아도 되는데?"

"아니에요……. 그런 일을 겪고 제가 어떻게…… 그 사람도 많이 놀란 것 같고……."

내가 물었다.

"후회 안 하시겠어요?"

의뢰인은 새 담배를 꺼내 물었다. 그러곤 천천히 고개를 끄덕거렸다. 담배 연기는 천천히 위에서 아래로 내려앉았다.


우리는 곧장 아이와 함께 의뢰인의 집을 나섰다.

아이는 처음 의뢰인의 집에 올 때 입었던 옷으로 갈아입고, 그 위에 책가방을 멨다. 그러곤 우리를 따라 꾸벅, 의뢰인에게 고개 숙여 인사했다. 의뢰인은 잠시 그런 아이를 가만히 바라보다가, 머리를 쓰다듬어주며 말했다.

"엄마 말 잘 듣거라. 착한 아이가 되고."

아이는 다시 한 번 꾸벅, 고개를 숙였다. 우리는 숙이지 않았다. 의뢰인은 더 이상 말이 없었다.

아이와 함께 골목길을 거의 다 빠져나갔을 때쯤, 의뢰인이 슬리퍼를 신은 채 뛰어왔다. 의뢰인의 손에는 축구공이 들려 있었다.

"이거, 이걸 잊었더구나."

아이는 잠시 축구공을 바라보았다. 한 번도 차지 않은 듯한, 깨끗한 축구공이었다. 아이는 고개를 숙인 채, 축구공을 받아들었다. 그걸로 끝이었다. 의뢰인은 더 이상 우리를 쫓아오지 않았다.

도로로 빠져나와 놀이터 옆을 지나칠 때, 아이가 축구공을 휙, 그네 밑으로 집어 던졌다. 아이는 축구공을 바라보지 않고, 계속 걸었다.

　시봉이 아이에게 물었다.

　"내가 다시 갖다줄까?"

　아이는 앞만 바라보면서 말했다.

　"됐어요."

　"왜? 새것 같던데?"

　"쳇. 우리 같은 애들한테 축구공이 말이나 돼요?"

　아이는 계속 절룩절룩, 앞으로 걸어갔다.

　내가 물었다.

　"그럼 아예 받지를 말지?"

　"내가 받아야, 아빠 마음이 더 아프죠."

　우리는 고개를 끄덕이며 아이와 함께 발을 맞추었다.

　시봉이 물었다.

　"그래도 집에 가니까 좋지?"

　아이는 말이 없었다. 그래도 시봉은 계속 말했다.

　"네 아빠가 네 엄마를 생각해서 널 보내주는 거래. 사과를 다 했는데도 말이야."

　아이가 걸음을 멈췄다. 아이는 잠깐 시봉과 내 얼굴을 번갈아 쳐다보았다. 그러곤 말했다.

"아저씨들 바보예요? 진짜 우리 엄마를 생각해서 나를 보내주는 거 같아요?"

시봉과 나는 서로의 얼굴을 바라보았다. 우리는 진짜 그렇게 생각했기 때문이었다.

"아빠가 못 견디겠으니까 보내주는 거예요. 나랑 있으면 자꾸 자기 죄가 생각나니까."

아이는 그렇게 말하곤 다시 앞으로 걸어갔다. 우리는 그런 아이의 뒷모습을 한동안 바라보다가 다시 뒤쫓아갔다.

시봉이 아이에게 물었다.

"한데, 넌 그런 걸 어떻게 그렇게 잘 알아?"

아이는 걸음을 멈추지 않고 말했다.

"그게 다…… 엄마한테 배운 거니깐요."

아이는 김밥집에 가까워질수록 점점 더 발걸음을 빨리했다. 우리는 말없이 아이의 뒤만 따라갔다.

# 19. 누군가 또 있다

아이는 김밥집에 들어가자마자, 곧장 여자 앞에 무릎을 꿇고 앉았다. 여자는 두 눈을 감은 채, 출입문 옆에 허리를 꼿꼿이 세우고 앉아 있었다. 시봉과 나는 김밥집 앞, 커다란 냄비 옆에 서서 그 모습을 지켜보았다. 아이는 무릎을 꿇은 채 무슨 말을 하면서 울기 시작했지만, 여자는 아이를 안아주지도, 바라봐주지도 않았다. 여자는 자리에서 일어나 냉장고에 들어 있던, 김밥 재료들이 담긴 하얀 플라스틱 통을 가져왔다. 아이는 계속 울고, 여자는 다시 장사 준비를 시작했다. 우리는 거기까지만 바라보고, 김밥집 앞을 떠났다. 더이상 바라보지 않아도 될 것 같았기 때문이었다. 아이는 앞으로도 계속 사과를 하면서 살아갈 것 같았다.

시봉과 나는 터덜터덜 집으로 돌아왔다. 계속 침대에만 누워 있는 시연이 생각났다. 그녀는 뿔테 안경 남자가 죽은 이후, 출근도 하지 않고, 밥도 먹지 않고 있었다. 시봉과 나를 볼 때마다 손에 잡히는 것을 집어 던졌다. 우리는 휴지로도 맞았고, 탁상시계로도 맞았으며, 머리띠로도 맞았다. 우리는 맞으면서도 계속 안방 문을 열어보았다. 그때마다 시연은 침대에 모로 누워 울고 있었다. 그녀의

179

등이 들썩거리는 것이 보이면, 그제야 우리는 조용히 안방 문을 닫았다.

아파트 엘리베이터에 올라타고 버튼을 누르던 시봉이 킁킁, 냄새를 맡으며 내게 물었다.

"무슨 냄새가 나지 않아?"

나도 킁킁, 고개를 이리저리 돌리며 냄새를 맡아보았다.

"무슨 냄새?"

"어, 어디서 많이 맡던 냄샌데?"

"그래?"

나는 허리를 좀 더 숙이고 냄새를 맡아보았다. 그러자, 희미하게, 냄새가 맡아졌다. 내게도 익숙한, 프리지어 향기였다. 이 냄새를 내가 어디서 맡아보았더라, 생각할 즈음, 엘리베이터 문이 열렸다.

그리고 그 순간, 나는 무언가에 세게 얻어맞아 정신을 잃고 말았다. 후에 알게 된 것이지만, 시봉 역시 그 순간, 나와 함께 무언가에 세게 얻어맞고 정신을 잃고 말았다. 누군가 문 밖에서 우리를 기다리고 있었던 것이다. 그것이 누구인지 우리는 얼마 지나지 않아서 알게 되었다.

그들이 돌아온 것이었다.

## 제3장

# 죄를 키우다

# 1. 다시 만난 복지사들

시봉과 나는 어디론가 끌려가고 있었다.

눈을 떠보니, 바로 앞에 시봉의 등이 보였다. 시봉의 두 손은 뒤로 묶여져 있었다. 두 발은 밧줄과 테이프로 친친 감겨 있었고, 허리를 감은 밧줄은 다시 내 허리로 이어져 있었다. 나 또한 두 손과 두 발, 모두 묶인 상태였다. 입술엔 테이프가 붙어 있었다.

고개를 조금 돌려보니, 빈 담뱃갑과 자루가 부러진 삽, 시멘트가 들어 있는 포대가 보였다. 나는 그제야 이곳이 어디인지 알 수 있었다. 시설에 한 대밖에 없었던 승합차 안. 시봉과 나는 그곳에 실려 있었다. 승합차는 어딘가를 향해 달려가고 있었다.

얼마 후, 앞좌석에서 말소리가 들려왔다. 모두 익숙한 목소리들이었다.

"저 자식들이 밖에 나와서도 계속 같이 있었네?"

"그러게. 뭐, 일이 반으로 줄어들었으니까, 우리한텐 좋은 거 아닌가?"

고개를 들 수 없어 창문을 볼 수가 없었다. 정수리 부위는 계속 화끈거렸다.

"저 자식은 원래 집이 없나?"

"누구? 키 큰 놈? 왜, 집이 있지."

"집이 있어?"

"거, 몇 년 전인가 저 자식 아버지 직장 동료라는 사람이 시설로 한 번 찾아온 적이 있었어. 거, 왜 시청 옆에 사립 중학교 하나 있잖아? 쟤네 아버지가 거기 영어 선생이었대."

"멀쩡한 놈이네."

승합차 라디오에선 연신 알 수 없는 노래가 흘러나왔다. 나는 복지사들의 이야기를 하나도 빠짐없이 들었다.

"아, 맞다. 그러고 보니까 그때 그 사람도 쟤네 아버지 찾으러 왔었어. 갑자기 사라졌다나 뭐라나."

"그래? 그래서 찾았어?"

"찾긴 뭘 찾아. 쟤네 아버지도 시설에 쟤 데려다주고 난 후엔 통발을 끊었는데……. 시설에도 자료가 남아 있어야지. 그냥 원장선생님만 만나고 갔어."

"집이 없는 놈, 맞네."

승합차는 몇 번 덜컹거렸다. 그때마다 나는 승합차 바닥에 얼굴을 부딪쳤다. 시봉의 어깨가 꿈틀거리는 것이 보였다. 시봉의 바지한가운데가 검게 젖어들어가는 것도 보였다. 차 안으로 냄새가 퍼졌다.

복지사들의 목소리가 다시 들려왔다.

"뭐 꼭 이렇게 끌고 갈 필요가 있나? 그냥 아무 데서나 해결하는 게 낫지 않아?"

"성질이 나서 그렇게 쉽게는 못하겠어."

"하긴, 나도 그래……."

"확인할 것도 있고."

"아, 맞다, 그것도 있었지……. 저 자식들이 정말 다 기억하고 있을까?"

"가보면 알겠지."

승합차의 속도는 천천히 줄어들고 있었다. 덜컹거림은 더 심해졌다. 시봉의 발이 몇 번 앞뒤로 움직이는 것이 보였다. 나는 시봉에게 말을 하고 싶었지만, 목소리가 나오지 않았다. 시멘트가 풀썩, 먼지를 일으켰다.

승합차가 잠시 멈춰 서더니, 누군가 한 명이 내려 철문을 여는 소리가 들렸다. 승합차는 다시 출발했고, 얼마 가지 않아 또 한 번 멈춰 섰다. 이번엔 아예 시동도 꺼졌다. 어딘가에 도착한 것이었다.

이윽고, 승합차의 뒷문이 열렸다. 노을이 진 야산의 모습이 제일 먼저 눈에 들어왔고, 그 앞에 서 있는 두 명의 복지사들의 모습이 차츰차츰 검은 그림자를 벗어나, 윤곽을 드러냈다. 오랜만에 만나는 복지사들이었다. 여전히 키가 작은 쪽은 하얀 가운을, 키가 큰 쪽은 청바지를 입고 있었다.

복지사들은 잠시 시봉과 나를 내려보다가 거의 동시에 소리쳤다.

"내려, 이 개새끼들아!"

## 2. 살아 있는 죄

남자 복지사들은 시봉과 나를 생활관 1층, 세탁실에 가두었다. 손과 발을 묶은 밧줄은 풀어주지 않았다. 입에 붙은 테이프도 떼어 주지 않았고, 시봉의 바지도 갈아입혀주지 않았다. 우리는 파란색 타일을 깐 세탁실 바닥에 계속 누워 있어야만 했다. 시봉의 이마는 버섯이 돋아난 듯, 커다랗게 부풀어 올라 있었다. 시봉은 두 눈을 제대로 뜨지 못했다. 나도 자꾸 졸음이 몰려왔다. 눈을 감으나 뜨 나, 어둡긴 마찬가지였다. 나는 내가 눈을 감았는지, 떴는지조차 알 수 없었다.

한밤중, 남자 복지사들이 촛불 두 개를 밝히고 세탁실 안으로 들 어왔다. 키가 작은 복지사는 양손에 위생장갑을 꼈고, 키가 큰 복지 사는 군화 끈을 조여 맸다. 복지사들은 우리를 벽 바로 앞에 일으켜 세웠다. 그러곤 입에 붙은 테이프를 떼주었다. 우리가 제대로 서 있 지 못하고 계속 비틀거리자, 발목을 묶은 밧줄도 풀어주었다. 우리 는 더 이상 비틀거리지 않게 되었다.

키 작은 복지사가 먼저 말을 꺼냈다.

"어때? 오랜만에 만나니까 반갑지?"

시봉과 나는 꾸벅, 고개 숙여 인사했다. 키가 큰 복지사가 군홧발로 우리 배를 걷어찼다. 시봉과 나는 앞으로 고꾸라졌다. 우리는 다시 자리에서 일어났다. 예전, 복지사들에게 맞을 때도 그렇게 했기 때문이었다.

"얼굴들 좋아졌네. 그래, 그동안 뭣들 하면서 지낸 거야?"

시봉이 대답했다.

"사과하면서 지냈는데요."

"사과? 무슨 사과?"

"남들 대신 하는 사과요. 우리는 그 일을 했는데요."

복지사들은 잠깐 서로 마주 보았다. 그리고 짧게, 소리 없이 웃었다.

키 작은 복지사가 말했다.

"그래. 그럼 이제 우리한테도 사과해야지."

키가 큰 복지사는 쇠파이프를 들고 우리 앞으로 다가왔다.

"우린 네놈들 때문에 고생을 아주 많이 했거든."

키가 큰 복지사는 쇠파이프로 시봉의 어깨를 내리쳤다. 시봉은 그 자리에 쓰러졌다. 키가 큰 복지사는 쇠파이프로 내 허벅지도 내리쳤다. 나 또한 그 자리에 주저앉고 말았다.

키 작은 복지사가 쓰러진 우리 앞에 쪼그려 앉았다.

"한 가지만 묻자? 어디까지 기억나니?"

나는 간신히 되물었다.

"뭐가요?"

"시설에서 죽은 사람들 말이야, 그 사람들 기억나?"

"네."

내가 그렇게 대답하자마자, 키가 큰 복지사가 군홧발로 내 얼굴을 걷어찼다. 입술에서 피가 났다.

"어디에 묻었는지도 기억나고?"

"네."

키가 큰 복지사가 이번엔 쇠파이프로 내 허리를 내리쳤다. 나는, 내가 어디가 아픈지도 제대로 알 수 없었다. 머릿속에서 계속 새 울음소리 같은 것이 들렸기 때문이었다.

"그 사람들이 어떻게 죽었는지도 기억나겠네?"

"네."

키가 작은 복지사는 나에게 했던 질문을 시봉에게도 똑같이 했다. 키가 큰 복지사는 시봉이 대답할 때마다, 내게 했던 것과 똑같이 군홧발로 걷어차고 쇠파이프로 내리쳤다. 시봉의 대답은 나와 다르지 않았다.

"저런, 어쩌냐? 너희들은 다 기억하고 있었구나."

키가 작은 복지사는 쓰러져 있는 우리의 머리카락을 움켜쥐고 말했다.

"그럼, 이제 너희들이 우리에게 할 수 있는 사과는 딱 한 가지밖에 안 남았네."

나는 작은 목소리로, 겨우 간신히 물었다.

"그건…… 뭐지요……?"

복지사들이 웃는 소리가 들렸다. 시봉은 아무런 말이 없었다. 숨소리만 크게 들려왔다.

키가 작은 복지사가 내 얼굴 가까이 자신의 얼굴을 들이대며 말했다.

"너희들은 이제 살아 있는 것 자체가 죄야. 그러니, 이제 할 수 있는 사과가 뭐겠어?"

나는 대답하지 못했다. 그것이 무엇인지 생각나지 않았기 때문이었다.

복지사들은 한참 동안, 더 큰 소리로 웃어댔다.

## 3. 죄를 파헤치다


　다음 날 새벽 무렵, 남자 복지사들은 시봉과 나를 앞장세우고 시설 뒷산으로 올라갔다. 우리의 두 손과 허리는 여전히 밧줄로 묶여 있었다. 복지사들은 삽을 한 자루씩 들고 따라왔다. 시설에 있을 때, 우리가 종종 쓰던, 바로 그 삽이었다.


　오랫동안 비는 내리지 않았지만, 시설 뒷산의 흙은 축축하게 젖어 있었다. 발걸음을 내딛을 때마다 솔잎 냄새가 났고, 신발 밑창엔 금세 검붉은 흙이 달라붙었다. 어디선가 매미가 울기 시작했고, 시설 정문 너머에선 희미하게 아침 해가 솟아오르고 있었다. 반걸음 앞서 걸어가던 시봉의 등판과 겨드랑이는 점점 검게 변해갔다. 시봉은 그때까지도 계속 바지를 갈아입지 않고 있었다. 시봉의 걸음은 느리기만 했다.
　우리는 철조망 근처에 멈춰 섰다.
　키가 큰 복지사가 주위를 둘러보며 말했다.
　"여긴가? 이쯤이 맞지?"
　키 작은 복지사가 바로 옆 전나무 둥치에 삽날을 퉁퉁, 치며 말했다.

"응. 네가 서 있는 곳 바로 아래야."

키가 큰 복지사는 잠깐 자신의 발 아래를 내려다보다가, 키 작은 복지사 쪽으로 옮겨갔다.

복지사들은 우리 손과 허리를 묶고 있던 밧줄을 풀어주었다. 그러곤 우리 손에 삽을 쥐여주었다.

"자, 이제부터 깊이깊이 땅을 파는 거야. 알았지? 너희들 죄만큼, 깊이깊이."

시봉이 물었다.

"그러면 사과가 되는 건가요?"

키 작은 복지사가 씨익, 웃었다.

"너희들 파는 거 봐서."

시봉과 나는 곧장 삽을 들고 땅을 파기 시작했다. 남자 복지사들은 전나무 둥치에 앉아 담배를 피웠다. 그들은 가끔 하품을 하기도 했다. 가까운 곳에서 새 한 마리가 시끄럽게 울기 시작했다.


우리는 느릿느릿 삽질을 했다. 배가 고프고 목도 말랐기 때문이었다. 어제 오후부터 우리는 아무것도 마시지 못했고, 아무것도 먹지 못했다. 약도 먹지 못한 상태였다. 삽으로 흙을 퍼낼 때마다 현기증이 일었다. 파헤쳐진 흙에선 송진 냄새가 났고, 비린내가 났다. 삽날 위로 뚝뚝, 땀방울이 떨어지기도 했다.

남자 복지사들은 주머니에서 빵과 우유를 꺼내 먹기 시작했다.

시봉과 나는 자주 그들을 바라보았다.

"빨리 좀 하자, 이 새끼들아. 그렇게 해서 어느 세월에 다 사과 할래?"

시봉과 나는 더 빨리 삽질을 했다. 그러나 이내 다시 느려졌다. 시봉은 구덩이 아래로 넘어지기도 했다. 나는 시봉을 일으켜 세워주었다. 우리는 계속 삽질을 했다.

키가 큰 복지사는 우물우물 빵을 먹으면서 말했다.

"그래도 지난번보단 더 빠른 거 같지 않아?"

키 작은 복지사가 우유를 마시면서 말했다.

"그땐 겨울이었으니까 땅이 딱딱했잖아."

"그랬나? 그게 겨울이었어? 난, 봄쯤이라고 생각했는데."

"12월쯤이었을 거야, 아마. 그날, 무지하게 추웠거든."

나는 잠깐 삽질을 멈추고, 복지사들을 바라보며 말했다. 구덩이는 이제 우리 허리 아래 깊이로 내려가 있었다.

"정확히 1월 17일이었어요."

남자 복지사들은 순간, 손을 멈춘 채 나를 바라보았다. 서로의 얼굴을 마주 보기도 했다.

키 작은 복지사가 구덩이 근처까지 다가와 물었다.

"뭐라고 했냐? 다시 한 번 말해봐?"

"정확히 1월 17일이었다구요. 남자가 죽은 건 11월 26일이었고요, 여자가 죽은 건 1월 17일이었어요."

키 작은 복지사는, 키가 큰 복지사를 바라보며 짧게 웃었다. 그러곤 다시 나에게 물었다.

"하, 이 자식 봐라. 네가 그걸 어떻게 날짜까지 기억해?"

"일기를 봤으니까요. 일기에 그렇게 적혀 있었거든요."

키 작은 복지사의 얼굴 표정이 변했다. 그는 우리가 파놓은 구덩이 아래로 내려왔다.

"일기? 무슨 일기?"

"원장선생님 일기요. 거기에 다 적혀 있어요."

키가 큰 복지사가 침을 퉤, 뱉으며 작은 목소리로 말했다.

"하여간……. 망할 놈의 영감탱이."

키 작은 복지사가 내 멱살을 잡았다.

"그게 어디 있는데? 그게 지금 어디 있냐고!"

시봉이 내 대신 대답했다.

"우리 집에 있는데요."

"너희 집?"

시봉과 나는 동시에 고개를 끄덕거렸다.

키 작은 복지사는 아랫입술을 깨물었다.

"너희 집에 누구 같이 사는 사람 있어? 누가 또 있냐고?"

"여동생이요. 시연이라고요, 제 하나밖에 없는 여동생이랑 같이 살아요."

"걔가 그걸 봤어? 걔도 그걸 읽었냐고!"

"글쎄요, 그건 잘 모르겠는데요."

시봉은 짧게 웃으면서 대답했다.

복지사들은 웃지 않았다.

## 4. 시봉을 떠나다

그날 늦은 오후, 나는 키가 큰 복지사와 함께 다시 승합차에 올라 탔다. 내 손목은 다시 밧줄로 여러 번 묶여졌다.

키 작은 복지사는 내 멱살을 잡고 말했다.

"다시 한 번 말하는데, 허튼짓하거나 딴 맘 먹으면 그땐 얘는 그냥 죽은 목숨인 거야. 알았어? 정해진 시간까지 못 돌아와도 얘는 땅속 깊이 묻히게 되는 거라구. 그냥 얌전히 일기장하고 여동생만 데리고 오면 끝나는 거야. 간단하지?"

나는 대답 대신 고개를 끄덕거렸다.

키 작은 복지사는, 운전석에 앉은 키 큰 복지사에게도 말했다.

"조금만 수상한 낌새가 있으면, 그냥 버리고 너라도 도망쳐야 해, 알지? 나한텐 네가 더 소중하다고."

키가 큰 복지사 또한 대답 대신 고개만 끄덕거렸다. 키 작은 복지사는 지갑에서 돈을 꺼내 키 큰 복지사에게 건네주었다. 돌아올 때, 맥주를 몇 병 사오라는 말을 했다.

나는 조수석에 앉아 시봉을 바라보았다. 시봉은 키 작은 복지사 옆에 서 있었다. 시봉의 목과 두 손에도 역시 밧줄이 묶여 있었다.

밧줄의 끝은 키 작은 복지사가 잡고 있었다.

나는 승합차에 타기 전, 시봉에게 물었다.

"정말, 네가 가?"

시봉은 슬쩍 웃으면서 말했다.

"응. 난 정말 차 타는 게 싫거든."

시봉의 이마는 퍼렇게 멍들어 있었다. 한쪽 눈은 부어올라 제대로 뜨지 못했다. 입술은 하얗게 말라붙어 있었다. 나는 한동안 말없이 시봉의 얼굴만 바라보았다. 할 말이 따로 떠오르지 않았기 때문이었다. 나는 그저 시봉과 눈을 마주치며 짧게 웃어주었다. 시봉도 나를 따라 한쪽 눈만으로 웃었다. 그게 전부였다.


승합차가 출발한 이후, 나는 계속 앞 유리창만 바라보고 앉아 있었다.

승합차가 산업도로에 접어들었을 때, 키 큰 복지사가 물었다.

"근데, 여동생은 예쁜가?"

나는 잠깐 키 큰 복지사의 옆얼굴을 바라보았다. 그리고 짧게 대답했다.

"네."

"키는? 키도 커?"

"네."

"오호, 그래? 좋아. 빨리 가보자구."

승합차는 속도를 냈다. 나는 도로 양옆에 세워진 톱날처럼 생긴 방음벽을 바라보았다. 예전, 시봉과 내가 함께 걷던 길이었다. 우리가 함께 앉아 쉬던 버스 정류장도 보였고, 기차역으로 이어진 삼거리도 눈에 들어왔다. 나는 고개를 뒤로 돌려가며 그것들을 자세히 바라보았다. 도로 갓길을 걸어가던 몇몇 사람들이 승합차를 향해 손을 흔들었다. 키가 큰 복지사는 그들을 바라보지 않았다.

승합차는 저녁 무렵, 시봉의 집이 있는 임대 아파트 정문에 도착했다. 키가 큰 복지사는 천천히 차를 몰며 주위를 살펴보았다. 파라솔 근처를 쓸고 있는 슈퍼 아주머니가 보였고, 불 꺼진 정육점과 과일 가게가 연달아 눈에 들어왔다. 사람들은 거의 눈에 띄지 않았다. 할머니 한 명만이 마을버스 표지판 아래 서 있을 뿐이었다. 승합차는 조용히, 아파트 출입구 앞에 멈춰 섰다.

키가 큰 복지사는 내 손목에 묶여 있던 밧줄을 풀어주면서 말했다.

"잘 들어. 정확히 10분이야, 10분. 그 안에 원장 일기장하고 여동생을 데리고 다시 이쪽으로 돌아오는 거야. 알았어?"

나는 키 큰 복지사의 얼굴을 보며 되물었다.

"시연이가 집에 없으면 어떡하죠?"

"집에 없으면? 음…… 그럼 그냥 일기장만 가지고 나와. 다른 덴 연락하지 말고. 알았지?"

나는 고개를 끄덕거렸다.

"10분이다. 그 안에 안 돌아오면 끝인 거야."

키가 큰 복지사는 조수석 문을 열고 나가는 내 뒤통수에 대고 다시 한 번 말했다. 나는 대답하지 않고 승합차 문을 닫았다.

나는 아파트 충계를 뛰어올라갔다. 나한텐 시봉이 건네준 현관 열쇠가 있었다. 나는 그것을 오른손으로 움켜쥔 채, 한 번도 쉬지 않고, 8층까지 뛰어올라갔다. 엘리베이터 옆에 서 있던 자전거에 허벅지를 부딪치기도 했지만, 나는 멈추지 않았다. 나는 초인종도 누르지 않고 곧장 열쇠로 문을 열고 안으로 들어갔다.

그리고…… 나는 곧바로 문을 잠갔다. 보조 열쇠도 따로 잠갔다. 나는 몇 번 손잡이를 돌려가며 문이 제대로 잠겼는지 확인했다. 문은, 요란한 쇳소리를 내기만 할 뿐, 열리지 않았다. 나는 잠깐 문에 귀를 대보았다. 밖에선 아무런 소리도 들리지 않았다.

나는 마루 불을 켠 후, 싱크대에 붙은 수도꼭지를 틀었다. 나는 오랫동안 수돗물을 받아 마셨다. 그런 후, 냉장고에 들어 있던 차가운 밥을 꺼내 먹기 시작했다. 밥은 돌덩이처럼 굳어, 제대로 떠지지 않았다. 나는 수돗물에 밥을 말았다. 나는 싱크대에 선 채, 밥을 먹었다. 밥알은 자주 목구멍에 걸렸다. 그래도 나는 꾸역꾸역, 밥알을 밀어넣었다.

나는 밥을 먹으면서 계속 냉장고 위에 있는 시계를 바라보았다.

시간은 천천히 흘러가고 있었다. 나는 천천히 밥을 먹었다. 키가 큰 복지사가 말한 10분은 이미 다 지나가버렸다. 그래도 나는 계속 밥을 먹었다. 그러면서 나는, 예전 시봉과 했던 말들을 떠올렸다.

그때 시봉과 나는 이런 말들을 주고받았다.

"나중에 혹시 나한테 사과하고 싶은 마음이 생기면 말이야."

"그러면?"

"그냥 너한테 해."

"나한테? 너한테 할 사과를?"

"응."

"왜?"

"뭐, 내 대신 네가 받아도 되니까."

그러니까, 아마 그때부터였을 것이다. 그 말을 듣는 순간부터, 나는 계속 시봉에게 죄를 짓고 싶어졌다. 무엇 때문인지 알 순 없었으나, 나는 시봉에게 꼭 죄를 지어야만 할 것 같았다. 그래서 나는 시봉에게 죄를 짓기로 마음먹었다.


나는 밥을 다 먹은 후에도 계속 싱크대 앞에 서 있었다. 아무도 문을 두들기는 사람은 없었다. 집 안은 어둡고, 조용하기만 했다. 나는 밥그릇을 개수대에 내려놓고, 안방 문을 바라보았다. 이제 찾아올 사람은 아무도 없었다.

나는 천천히 그쪽으로 걸어갔다.

# 5. 거짓말

시연은 안방 침대에 두 눈을 감은 채, 조용히 누워 있었다. 베개는 침대 아래로 떨어져 있었고, 방바닥에는 컵 하나가 쓰러져 있었다.

나는 침대 가까이 다가가보았다. 자세히 보니, 그녀의 머리맡에는 우리가 시설에서 가져온 알약들이 흩어져 있었다. 시연은 아마도 우리가 없는 동안 그 알약들을 먹은 것 같았다. 나는 알약들을 다시 비닐봉투에 주워 담으며 그녀가 깨어나기를 기다렸다. 그러면서 나도 두 알의 알약을 물 없이 삼켰다. 알약은 목에 걸려 잘 내려가지 않았다. 나는 주먹으로 몇 번 가슴을 쳤다. 복지사들에게 맞은 부위가 아려왔다. 나는 더 이상 가슴을 치지 않았다.

나는 침대 옆에 계속 앉아 있다가, 조심스럽게 시연의 가슴에 귀를 대보았다. 심장 뛰는 소리가 작게 들렸다. 그리고 그것보다 더 작게, 신음소리가 들렸다. 좋은 냄새와 땀 냄새, 그리고 쉰내가 났다. 나는 시연의 얼굴을 잠시 내려다보았다. 그러곤 시연을 등에 업고 집 밖으로 빠져나왔다. 나는 곧장 병원 응급실로 뛰어갔다.

시연을 응급실 침대에 눕히자마자, 젊은 의사 한 명이 다가와 물었다.

"보호자 되십니까?"

나는 아니라고 대답했다.

"그럼, 환자 가족 분들한테 연락은 하셨어요?"

나는 잠깐 시봉을 생각했다. 나는 대답했다.

"아무도 없는데요."

"아무도 없어요? 그럼, 환자하고는 어떻게 되는 관계인데요?"

"오빠 친군데요."

젊은 의사는 잠시 나를 위아래로 바라보았다.

"그럼, 보호자 맞으시네요."

나는 젊은 의사를 보고 웃어주었다.

젊은 의사는 시연의 혈압을 쟀다. 청진기를 가슴에 대보기도 했다.

"언제부터 이런 겁니까?"

"집에 와보니까 이렇게 되어 있었는데요."

"뭐, 특이사항은 없었고요?"

"약을 좀 많이 먹은 거 같고요, 밥은 하나도 안 먹은 거 같아요."

"약이요? 무슨 약이요?"

젊은 의사가 눈을 크게 뜨며 물었다. 그러나 나는 그 약이 어떤 약인지 알지 못했다.

나는 누워 있는 시연을 바라보며 대답했다.

"먹으면 건강해지는 약이요."

"그걸 지금 말하면 어떡합니까?"

젊은 의사는 내게 화를 낸 후, 곧장 간호사를 불렀다. 시연은 칸막이가 쳐진, 산소통이 매달려 있는 침대로 옮겨졌다. 간호사는 내게 보호자 대기실에 가 있으라고 했다. 나는 얌전히 간호사의 말에 따랐다. 보호자란 말이 계속 마음에 남았다.


시연이 깨어난 것은 다음 날 아침 무렵이었다. 시연은 6인용 입원실로 옮겨졌고, 나는 보호자용 의자에 앉아 꾸벅꾸벅 졸고 있었다.

시연은 깨어나자마자, 내게 물었다.

"오빠는?"

나는 잠깐 망설였다. 그러나, 이내 대답했다.

"글쎄요, 누굴 만나러 가서 돌아오질 않네요."

시연은 잠시 두 눈을 감았다. 몸을 일으키려 했지만, 도로 눕고 말았다.

"누굴 만나러 갔는데?"

"예전에 시설에서 우릴 도와줬던 복지사들이요."

시연은 말하는 게 힘들어 보였다. 그래도 그녀는 계속 물었다.

"그 사람들을 왜?"

"글쎄요. 뭘 도와줄 일이 생겼나봐요."

"오빠는, 오빠는 왜 같이 안 갔는데?"

나는 숨을 한 번 크게 들이마셨다. 그리고 말했다.

"한 명으로도 충분한 일이니깐요. 나머지 한 명은 그냥 기다리는 일을 하는 거예요."

시연은 더 이상 묻지 않았다. 그녀는 다시 깊이 잠이 들었다.

# 6. 아무도 없다

나는 계속 시연의 옆을 지키고 있었다. 시연은 링거를 맞은 채, 오래오래 잠을 잤다. 깨어 있을 땐, 주로 벽만 바라보고 누워 있었다. 나에겐 말을 걸지 않았다. 나도 시연에게 말을 걸지 않았다. 시연은 병원에서 나오는 식사도 제대로 하지 않았다. 나는 시연이 남긴 밥을 복도에 서서 먹었다. 복도를 지나다니던 간호사들이 흘낏흘낏 나를 바라보았다.

입원실엔 시연 말고도 네 명의 환자들이 각각의 침대를 차지하고 누워 있었다.

그들 중 몇 명이 내게 물었다.

"그래, 그 처녀는 어디가 안 좋아서 입원을 한 게요?"

나는 그때마다 공손하게 대답을 했다.

"네, 약을 좀 많이 먹어서요."

그러면 사람들은 더 이상 묻지 않았다. 나도 더 이상은 말하지 않았다.

입원한 지 하루가 지난 후, 시연은 내게 부탁을 했다.

"집에 가서 내 핸드백 좀 가져다줘."

"핸드백은 뭐 하게요?"

시연은 여전히 말하는 게 힘들어 보였다. 시연은 오른손으로 두 눈을 가린 채 말했다.

"이곳저곳 돈 나올 곳이 있나 알아봐야 할 거 아니야. 오빠 덕분에 죽지 않고 살아났으니까, 또 그 고민을 해야지."

나는 말없이 고개를 끄덕거렸다. 나는 곧장 집으로 달려갔다.


나는 시연의 핸드백을 들고 병원으로 돌아가다가, 그러나 병원이 아닌 시설 근처로 가는 버스에 올라탔다. 시연의 핸드백에는 지폐가 몇 장 들어 있었다. 시설까지 갔다 오기엔 충분한 돈이었다. 나는, 내가 왜 시설에 가려 하는지 알 수 없었다. 알 순 없었지만, 꼭 가야만 할 것 같았다. 시봉을 못 본 지 사흘째 되는 날이었다. 나는 시봉에게 죄를 지었지만, 시봉이 너무 보고 싶었다. 그것이 전부였다.


버스에서 내려, 나는 다시 산업도로와, 비포장도로를 걸어 시설 정문 앞에 도착했다. 시설 정문은 예전처럼 쇠사슬로 친친 감겨 있었다. '출입금지' 팻말도 그대로였다. 나는 잠깐 정문 틈 사이로 생활관 주변을 살펴보았다. 승합차는 보이지 않았다. 사람 모습도 보이지 않았다. 사무실 깨진 유리창 사이로 커튼만 펄럭거리고 있을 뿐이었다. 나는 팻말을 벽에 괸 후, 그것을 밟고 벽을 넘어갔다. 이제 나 혼자뿐이니, 벽을 넘는 것은 어렵지 않았다.

나는 맨 처음 생활관 1층 세탁실에 가보았다. 세탁실엔 아무도 없었다. 촛농이 모두 녹아내린 양초 두 개가 바닥에 달라붙어 있을 뿐이었다. 나는 발끝으로 양초를 툭툭, 쳐보았다. 굳어버린 촛농들은 오래된 나무껍질처럼 쉽게 떨어져나갔다. 나는 오랫동안 발끝으로 촛농들을 떼어냈다. 나는 누군가 또 있을까봐, 겁이 나기도 했다. 그러나, 기다려도 사람들의 목소리는 들리지 않았다. 나는 조금 안심이 되었다.

나는 생활관에서 나와 시설 뒷산을 오르기 시작했다. 뒷산의 흙은 여전히 축축했고, 솔잎 냄새도 그대로였다. 그러나, 매미 소리는 들리지 않았다. 서걱서걱, 발밑으로 나뭇잎들과 흙에 반쯤 묻힌 비닐봉투들이 밟혔다. 나는 그것들을 하나하나 자세히 내려다보며 천천히 걸었다. 관자놀이 옆으로 땀이 흘러내렸지만, 나는 닦지 않았다. 바람이 몇 번 내 머리칼을 흐트러뜨리곤 지나갔다. 나는 그것도 그대로 놔두었다. 나는 계속 발밑만 보고 걸었을 뿐이었다.

철조망 근처에 다다르자, 삽 두 자루가 전나무 둥치 아래 뉘여 있는 것이 보였다. 시봉과 내가 땅을 파던, 바로 그 삽들이었다. 나는 삽 주변을 둘러보았다. 우리가 허리 깊이까지 파내려갔던 구덩이는 보이지 않았다. 나는 계속 전나무 둥치 주변을 서성거렸다. 땅은 단단했고, 그 어디에도 시봉의 흔적은 남아 있지 않았다. 나는 오랫동안 발 아래를 내려다보다가 천천히 삽을 주워 들었다. 나는 한 삽 가득 흙을 퍼냈다. 그러곤 다시 삽을 그 자리에 내려놓았다. 나는,

나도 모르게 다리가 후들거렸다. 나는 갑자기 조금 겁이 나기 시작했다. 무엇이 무서운지 알 순 없었지만, 나는 눈물까지 뚝뚝 흘리며 다리를, 그리고 계속 후들거리는 손목을, 억지로 잡고 서 있었다. 나는 큰 소리로 엉엉 울기 시작했다. 그래도 다리는, 손목은, 계속 후들거리기만 했다. 나는 등돌려 그곳에서 뛰어내려왔다. 그래도 눈물은 쉽게 그치지 않았다.

생활관을 지나 정문 쪽으로 뛰어가던 내 등 뒤에서 낯익은 목소리 하나가 들려왔다.

"난, 다 봤다! 난, 다 봤어!"

나는 계속 뛰면서 고개를 돌려보았다. 언젠가 원장선생님 관사 창고에서 만났던, 몸이 뚱뚱한 아줌마였다. 그러나, 나는 발걸음을 멈추지 않았다.

"그 자식이 어떻게 됐는지, 난 숨어서 다 봤다구, 이 개자식아!"

아줌마는, 창고 뒤로 몸을 반쯤 숨긴 채, 나를 향해 계속 소리를 질러댔다.

"궁금하지 않냐, 이 개자식아! 네 친구 놈이 어떻게 됐는지, 궁금하지도 않아!"

나는 뒤돌아보지 않았다. 나는 더 빨리 시설 정문을 향해 달려갔다. 다리는 계속 떨려왔지만, 나는 멈추지 않았다. 나는 다시 담을 뛰어넘어, 시설 밖으로 빠져나왔다. 빠져나온 후에도, 나는 숨이 턱

턱, 막힐 때까지, 계속 뛰고, 또 뛰기만 했다. 내가 할 수 있는 일은 그것이 전부였다.

# 7. 내가 알지 못했던 사과

시설에 다녀온 다음 날, 나는 구치소로 다시 한 번 원장선생님을 만나러 갔다. 구치소에 가기 전, 나는 시청 옆에 있는 사립 중학교에 잠깐 들렀다. 무언가 하나 확인할 게 있었기 때문이었다.

나는 사립 중학교 교무실에 들어가자마자, 문 바로 앞쪽에 앉아 있는 젊은 여자에게 물었다.

"저기, 사라진 영어 선생님 좀 찾으러 왔는데요?"

젊은 여자는 신문을 읽다 말고 멀거니 나를 쳐다보았다.

"네?"

"사라진 영어 선생님을 좀 만날 수 있을까, 해서요."

"무슨 말씀이신지……?"

젊은 여자 책상 쪽으로 반백의 남자 한 명이 다가왔다. 반백의 남자가 젊은 여자에게 물었다.

"왜? 무슨 일이신데?"

"이분이 사라진 영어 선생님을 만나러 왔다고 하는데…… 전, 도통 무슨 말인지……."

"사라진 영어 선생님?"

반백의 남자가 내 쪽으로 고개를 조금 더 내밀었다. 그가 물었다.

"전 선생님을 찾는 건가……? 혹시 전병수 선생님을 찾으시는 거예요?"

나는 대답할 수가 없었다. 나는 아버지의 이름을 기억하지 못했기 때문이었다. 나는 반백의 남자에게 되물었다.

"그분이 사라진 영어 선생님이신가요?"

"그렇긴 하지만…… 전 선생님을 왜 찾으시는 거죠?"

나는 뒤통수를 만지면서 대답했다.

"그분이 제 아버지 같거든요."

반백의 남자와 젊은 여자는 한동안 말없이 나를 바라보았다. 나는 그들을 보면서 슬쩍, 웃어주었다. 내가 할 수 있는 일은 그것이 전부였기 때문이었다.

반백의 남자는 나를 교무실 옆에 딸린 작은 방으로 데리고 갔다. 소파가 있고, 캐비닛이 있는 방이었다. 반백의 남자는 그곳에서 어디론가 전화를 걸었다. 잠시 후, 가운데 머리가 벗겨진, 돋보기를 쓴 남자가 방으로 들어왔다. 남자는, 돋보기를 위로 올리고 한참 동안 내 얼굴을 바라보았다. 그러곤 반백의 남자를 보면서 말했다.

"맞네, 맞아. 전 선생 아들이야!"


유리벽 너머 철제 의자에 앉은 원장선생님은 예전보다 훨씬 더 건강해 보였다. 뺨은 이제 막 목욕을 한 사람처럼 불그스름했고, 얼마 남지 않은 머리카락은 형광등 불빛을 받아 반짝거렸다. 이마 아래론 푸르스름한 힘줄이 보였다. 지난 번 만났던 제복을 입은 남자가 내 등 뒤 철제 책상에 앉았다.

원장선생님은 팔짱을 낀 채 물었다.

"또, 너구나? 왜, 이번엔 또 뭐가 궁금해서 온 거야?"

나는 잠시 원장선생님을 바라보기만 한 채, 말없이 앉아 있었다. 무슨 말을, 어떻게 해야 할지 알 수 없었기 때문이었다.

원장선생님이 물었다.

"한데, 왜 혼자 왔니? 너희들은 항상 붙어다녔잖아?"

나는 고개를 숙였다. 나는 계속 대답하지 않았다.

"혹시, 복지사 애들이 찾아갔었니……? 그랬구나! 걔들이 찾아갔었구나!"

원장선생님은 손바닥으로 자신의 무릎을 내리쳤다. 나는 말없이 고개를 끄덕거렸다.

"한데, 넌…… 넌 어떻게 된 거야? 넌, 걔네를 아직 못 만난 거야?"

"아니요. 저도 만났어요."

원장선생님은 고개를 갸우뚱거리며 내 얼굴을 살폈다.

"한데, 어떻게……?"

"시봉이가 저 대신 모두 사과했거든요. 제 몫까지 다요."

이번엔 원장선생님이 말하지 않았다. 원장선생님은 나를 계속 노려보기만 했다.

"그것 때문에 원장선생님을 찾아온 게 아니고요, 실은 또 물어볼 게 하나 생겨서요."

원장선생님은 다시 팔짱을 꼈다. 원장선생님은 흘깃, 면회실 한쪽 벽에 붙어 있는 시계를 바라보았다.

나는 숨을 한 번 크게 들이마신 후, 말했다.

"원장선생님은 왜 우리 아버지하고 저하고 같은 방에서 살게 해 주셨나요?"

원장선생님이 헛기침을 한 번 했다. 그러곤 물었다.

"그게 무슨 소리야?"

"왜 우리 아버지하고 저하고 시설에서 같은 방을 쓰게 하셨냐고요?"

"네가 지금 무슨 소릴 하는지 난 모르겠구나."

원장선생님은 나를 바라보지 않고 말했다. 원장선생님은 어깨에 묻은 먼지를 털어냈다.

"왜 예전에 우리 방에서 목매달아 죽은 아저씨 있잖아요? 그 아저씨가 우리 아버지 아닌가요?"

나는 사립 중학교에서, 돋보기를 쓴 남자가 내민 졸업 앨범 한 권을 펼쳐보았다. 몇 년이 지난 졸업 앨범이었다. 돋보기를 쓴 남자는 졸업 앨범 속 사진 하나를 가리키며, 이분이 바로 네 아버지야, 라고 말했다. 나는 사진 가까이 얼굴을 갖다 댔다. 사진 속 남자는 내가 이미 알고 있는 얼굴이었다. 왼쪽 턱에 커다란 점이 있는, 시봉과 내가 종종 죄를 물었던, 바로 그 중년 남자였다. 중년 남자는 우리가 죄를 물었을 때, 딱 한 번, 자기 죄는 자기가 알아서 사과할 테니, 너무 걱정하지 말라고 대답했었다. 나는 그 남자의 사진을 보자마자 '하아' 소리를 내며 짧게 웃었다. 어쨌든, 사진으로라도 오랜만에 만나는, 반가운 얼굴이었기 때문이었다.

"네가 뭘 착각하고 있는 모양이구나. 우리 시설에서 죽긴 누가 죽었다고 그래?"

원장선생님은 제복을 입은 남자를 바라보면서 말했다. 나도 그를 바라보았다. 그는 우리를 보지 않고, 무언가를 열심히 적고 있었다.

"왜 그 러닝셔츠를 찢어서 목매달아 죽은 사람 말이에요. 시봉이하고 저하고 시설 뒷산에 묻어주었잖아요? 원장선생님 일기에도 나온, 바로 그 사람 말이에요?"

"허허, 얘가 점점."

원장선생님은 짧게 웃었다. 그러곤 잠시 나를 바라보다가 말했다.

"그러니까 네가 아직 더 치료가 필요하다는 거야. 넌, 병에 걸렸어. 병에 걸렸으니까 자꾸 남들 잘못만 보이는 거야."

나는 원장선생님의 말이 맞을지도 모른다는 생각을 했다. 나는 어쨌든 계속 약을 먹고 있는 사람이었다. 약은 아픈 사람들이나 먹는 것이었다. 그래도 나는 계속 궁금했다.

"그럼, 그 사람은 우리 아버지가 아니었나요?"

원장선생님은 목소리를 높였다.

"글쎄 난 네 아버지를 모른다니까!"

제복을 입은 남자가 벨을 눌렀다. 원장선생님은 기다렸다는 듯 자리에서 일어났다. 나도 자리에서 일어났다. 원장선생님은 등을 돌려 반대쪽 문을 향해 걸어갔다. 그러다 다시 유리벽 쪽으로 다가와 말했다.

"만약 내가 네 아버지였다면 말이다……."

원장선생님은 잠깐 말을 멈췄다. 제복을 입은 남자가 우리를 기다렸다.

"그랬다면, 아마 시설에 찾아와 아들과 함께 살게 해달라는, 그런 바보 같은 부탁은 안 했을 거야."

나는 재빨리 물어보았다. 제복을 입은 남자가 계속 기다리고 있었기 때문이었다.

"왜요?"

"죄는 모른 척해야 잊혀지는 법이거든."

원장선생님은 말을 하곤 씨익, 짧게 웃었다. 그러곤 반대쪽 문을 열고 나갔다. 나는 그의 등에 대고 꾸벅, 다시 한 번 고개 숙여 인사했다.

# 8. 죄를 키우다

나는 어두운 병실에 가만히 앉아, 잠든 시연을 내려다보았다. 다른 환자들은 모두 잠들어 있었다. 복도에서 새어나온 형광등 불빛과, 창밖 가로등 불빛이 반반씩 입원실을 비춰주고 있었다. 어느 침대에선가 계속 공기방울 터지는 듯한 소리가 들렸다. 또 누군가의 코고는 소리도 들렸다. 복도에선 가끔씩 슬리퍼 끄는 소리가 들렸다.

나는 슬쩍, 시연의 손목을 잡아보았다. 시연의 손목은 가늘어, 내 손아귀에 모두 들어왔다. 시연은 깨지 않았다. 시연은 밤늦도록 수첩을 보며, 어딘가로 계속 전화를 걸다가 잠이 들었다. 시연은 조금 지쳐 보였다.

나는 시연의 팔뚝도 만져보았다. 힘줄이 돋은 시연의 팔뚝은 단단했지만, 그러나 부드러웠다. 나는 그 느낌이 좋았다. 그래서 나는 계속 시연의 팔뚝을 쓰다듬었다. 시연의 팔뚝을 쓰다듬으면 쓰다듬을수록, 웬일인지 나는 계속 시봉이 생각났다. 시봉이 내게 했던 말들이 떠올랐다. 그래도 나는 계속 시연의 팔뚝을 쓰다듬었다. 시봉의 목소리는 더더욱 커져갔지만, 나는 시연의 팔뚝에서 손을 떼지 않았다. 그러자, 어느 순간 시봉의 목소리는 사라져버렸다. 나는,

나도 모르게 시연의 팔뚝을 힘껏 움켜쥐었다. 그래도, 시봉의 목소리는 다시 들려오지 않았다.

시연이 잠에서 깨어났다. 시연은 잠깐 내 얼굴과, 자신의 팔뚝을 움켜쥐고 있는 내 손을 바라보았다. 그러곤 고개를 들어 병실을 살펴보았다. 환자들도, 보호자들도, 모두 잠들어 있었다.

시연은 허리를 세우곤 앉았다. 그러곤 다시 한 번 더 병실을 둘러보더니, 재빠르게 자신의 손등에 꽂혀 있던 링거 바늘을 빼냈다.

시연은 입 모양만으로, 소리없이 내게 말했다.

"지금, 가자."

나는 시연이 무슨 말을 하는지 알 수 없어, 계속 그대로 앉아 있었다. 시연은 환자복 위에 집에서 입고 왔던 겉옷을 걸쳤다. 침대 모서리에 걸려 있던 수건으론 머리를 감쌌다.

시연은 다시 작은 목소리로 말했다.

"나를 업어."

나는 시연이 시키는 대로 했다. 시연은 양말도 신지 않은 채, 신발과 핸드백을 양손에 들고 내 등에 업혔다.

"비상구 쪽으로 나가면 영안실로 통하는 문이 나오거든. 그쪽으로 해서 나가자고. 내가 낮에 다 봐뒀어."

시연은 내 귀에 대고 작은 목소리로 말했다. 나는 그 느낌이 좋았다. 시봉의 목소리가 다시 한 번 들려왔지만, 나는 그 말을 듣지 않왔다. 나는 두 손으로 시연의 허벅지를 단단하게 받쳤다. 시연의 몸은 가벼웠다.

나는 시연을 업은 채, 복도 끝 비상구 계단을 향해 걸어갔다. 복도 중간에 간호사 대기실이 있었지만, 자리를 지키고 있는 사람은 아무도 없었다. 화장실에서 나오던 나이 든 환자 한 명과 마주쳤지만, 그는 아랫배를 움켜잡은 채, 다시 화장실로 들어가버렸다.

나는 어두운 비상구 계단을 내려갔다. 내 발소리는 계단 이곳저곳으로 퍼져 나갔지만, 나는 걸음을 멈추지 않았다. 나는 시연을 업고 영안실을 거쳐, 다시 지하 주차장으로 들어갔고, 그곳 통로 계단를 통해, 병원 밖으로 빠져나왔다. 그동안 시연은 계속 내 등에 한쪽 뺨을 대고 말없이, 마치 잠이 든 사람처럼, 업혀 있었다. 나는 그느낌 역시 좋았다. 그래서 나는 병원이 계속 이어지길, 아니 세상 모두가 다 병원 안이길 바랐다.


병원 밖으로 나오자마자 시연은 머리에 쓰고 있던 수건을 벗었다. 시연은 내 등 뒤에서 내려오려 했다. 나는 두 손에 더 힘을 주었다. 시연은 내려오지 못했다.

"괜찮아, 이제. 내려줘도 돼."

나는 앞을 보면서 말했다.

"그냥 가도 돼요."

시연은 무슨 말인가 더 하려 했지만, 그러나 하지 않았다. 나도 말하지 않았다. 나는 가로등 불빛이 닿지 않는, 길 가장자리 쪽만 골라서 걸었다. 거리를 돌아다니는 사람은 아무도 없었다. 이따금, 빈 택시들만이 천천히 도로를 지나다닐 뿐이었다.

시연이 내게 말했다.

"오빠가 안 깨워줬으면 계속 잘 뻔했네. 오빠도 나랑 같은 생각을 한 거지?"

나는 대답하지 않았다. 나는 시연을 깨우려고 했던 게 아니었기 때문이었다.

"내가 미쳤다고 의사 놈들한테 돈을 바쳐? 흥, 어림없는 소리지."

시연은 혼잣말을 했다. 시연이 말을 할 때마다 내 목덜미에 작은 바람이 와 닿았다. 나는 계속 걷기만 했다.

"한데 시봉이 오빠는 왜 안 오는 거야? 하여간 진짜 속 썩이는 덴……. 어디 또 이상한 데 끌려간 거 아니야?"

나는 대답하지 못했다. 나는 이제 더 이상 시봉이 어디에 있는지 알 수 없었기 때문이었다.

시연이 내게 물었다.

"오빠, 근데 계속 걸어갈 거야? 택시라도 타야 하지 않아?"

나는 작은 목소리로 대답했다.

"그냥 계속 걸을 건데요."

"집까지? 우리 집은 걸어가기엔 너무 멀어. 병원비 굳었으니까 택시 타자."

"별로 안 멀어요."

나는 잠깐 멈춰 서서, 시연을 추어올렸다. 시연은 가만히, 내가 하는 대로 따랐다.

나는 계속 걸어갔다. 시연은 말없이 다시 내 등에 뺨을 갖다 댔다. 나는 집으로 가는 길이 어디인지 알 수 없었다. 그래도 나는 멈추지 않고 계속 걸었다. 나는 잠깐 뒤돌아, 병원의 파란색 십자가 네온사인을 바라보았다. 멀리 왔다고 생각했지만, 아직도 병원의 십자가는 높은 곳에서, 가까운 곳에서, 우리를 내려다보고 있었다.

나는 말없이 고개를 돌렸다.

　작년 겨울부터 올해 봄까지 한 인터넷 포털 사이트에 일일 연재했
던 소설을 여기에 묶는다. '묶는다' 라고 말은 했지만, 사실은 골격
만 빼놓고 모두 다 새로 썼다. 교정을 보다 보니, 이곳저곳 손봐야
할 곳이 너무 많이 눈에 들어왔고, 그것들을 하나둘 고치고 있는 모
습이 어째 좀 구차스러워 보여, 그냥 홧김에 다시 썼다. 덕분에
1,200장짜리 소설은 반으로 줄어들었고, 계절은 다시 겨울의 초입
이 되고 말았다. 그렇게 시간이 조금씩조금씩 흐르다 보니, 화는 좀
사그라졌으나, 이번엔 대책 없는 애틋함이 그 자리를 대신 차지하고
말았다. 또 누가 있어 이 친구들을 마음에 품어줄지 알 수 없으나,
지금 이 순간은 온전히 나 혼자, 오롯이 나만이 이 친구들을 감싸안
아주고 있는 느낌이다. 나 때문에 이 친구들이 고생을 많이 했다.

소설을 쓰기 시작하면서부터 '도착倒錯'이란 단어에 대해서 줄곧 고심해왔다. 그 말인즉슨, 죽음을 뒤섞는다는 뜻이 될 수도 있고, 또 한편 시간과 사물의 이치를 뒤집는다는 뜻도 될 수 있을 것이다. 그래서 그것은 늘 부정적인 증세로, 이성과 합리에서 벗어난 착오의 일환으로 받아들여져 왔다. 그런데, 이상도 하지? 소설을 쓰면서, 또 플롯이라는 것을 배우고, 연속성에 대해서도 고민을 하기 시작하자, 어쩌면 핵심은 뒤집힌 곳에, 뒤섞인 곳에 있을지도 모른다는 생각을 하게 되었다. 우리가 확고하게 믿고 있는 어떤 것들의 이면이 궁금하다면 끝과 시작, 위와 아래를 뒤집어볼 것. 그것이 내 소설 쓰기의 기조가 되어버렸다. 이번 소설 또한 그런 기조 위에서 쓰였다. 그래서 이제 나에겐 '죄'의 반대말은 '무죄'가 아닌, '사과'가 되어버리고 말았다.

사실 이 소설은 작년 여름 카프카의 어떤 소설을 읽다가 문득 구상한 것인데, 소설을 다 쓰고 난 후, 교정을 보다 보니 오히려 아고타 크리스토프의 소설과 엇비슷한 모양새가 되어버렸다는 것을 알게 됐다. 그녀의 소설과는 전혀 딴판인 이야기이지만, 그래도 여기에 굳이 그 사실을 적어놓는 이유는, 내가 이 소설을 쓰기 이미 오래전, 그 소설을 먼저 읽은 적 있기 때문이다.

어쨌거나, 나에겐 첫 장편소설이다. 첫 장편소설을 친정인 현대문학에서 내게 된 점, 고맙게 생각한다. 그래서인지 모든 것을 다시 시작하는 기분이다. 현대문학 식구들이 세심하게 하나하나 잘 챙겨주어서 가능한 일이었다. 꾸벅, 고개를 숙인다. 박범신 선생님과 함민복 선생님은 추천사를 써주셨다. 출판사 식구들이 나도 모르게 따로 부탁을 한 모양인데, 미리 알았다면 말렸을 것이다. 두 분 다 내가 마음 깊이 사랑하는 사람들이기 때문에 그렇다. 특히, 박범신 선생님은 내 은사이시기도 한데, 당신께선 모르겠지만, 내가 이 소설을 다시 쓰게 된 것은 모두 선생님 때문이었다. 언제인가 선생님께서 술에 취해 연재 중인 이 소설에 대해서 전화로 짧게 한 마디 하셨는데, 그게 모든 걸 뒤바꿔놓는 결정적인 계기가 되고 말았다. 하여간 선생님은 이제나저제나 제자 속 뒤집는 덴 선수이시다. 나는 그것이 바로 선생님의 은밀한 교수법임을 잘 알고 있다. 잘 알면서도 매번 당하기만 한다. 거참, 전화번호를 바꿀 수도 없고, 걱정이다.

해설을 써주신 박혜경 선생님에게도 따로 인사를 전하고 싶다. 내 게으름 탓에 선생님의 손길이 더 바빠졌을 터였다.


작년에 짧은 에세이집 한 권을 냈는데, 그 책을 쓰는 와중에 첫째 아이가 태어났다. 그리고 이번 소설을 쓰는 와중엔 둘째 아이가 태어났다. 책을 한 권씩 낼 때마다 아이가 한 명씩 태어난다면, 그렇다면 대하소설은 마음 단단히 먹고 써야겠구나, 그렇게 내가 탄식 아닌 탄식을 하자, 아내에게서 곧장 이런 답이 돌아왔다. '그건

그냥 소설 한 편으로 쳐야지, 뭐.'

아내에게도 꾸벅, 고개를 숙인다.

2009년 늦가을

이기호

# 죄 권하는 사회

## 1. 현실이 우화이고 우화가 현실인 세계

첫 창작집의 발간과 더불어 단번에 2000년대의 주목할 만한 역량 있는 젊은 작가의 대열에 합류한 이기호는 기존의 소설 어법과 차별화된 과감하고도 재기발랄한 탈권위적 어법으로 우리에게 깊은 인상을 남겼던 작가였다. 오랫동안 한국문학의 주류를 이뤄온 사실주의적 어법을 벗어나려는 젊은 작가들의 다양한 문학적 시도들이 문학의 새로운 미래를 열어가기 시작하던 시기에 이기호의 소설들은 기존의 언어권력과 주류적 언어질서가 지닌 엄숙하고 근엄한 도덕적 권위를 거침없는 하이킥으로 날려버리며 한바탕의 유쾌하고 질펀한 언어적 난장을 풀어놓는 특유의 활기 넘치는 입담을 보여주었다. 이기호의 소설들은 소설 화법의 정형화, 새로운 형식 실험의 상대적 빈곤 등으로 특징지어지는 한국문학의 육체에 밑바닥 인생들의 비루한 삶으로부터 쏟아져 나오는 이 시대의 다양하고도 생생한 비주류의 언어들을 수혈함으로써 한국문학을 지배해온 엄숙하고 경직된 계몽의 윤리를 한방에 무력화하는 특유의 언어적 맷집을 과시해왔던 것이다.

이처럼 교육받지 못한, 그 때문에 도덕적 권위를 내세운 획일화되고 양식화된 가식假飾의 언어체계로부터 상대적으로 자유로운 밑바닥 인생들 특유의 날것의 언어를 소설 화법의 풍부한 자원으로 활용해온 이기호가 첫 장편소설인 『사과는 잘해요』를 냈다. 이 작품의 주 인물인 '시봉' 역시 이기호의 소설 속에서 우리가 비주류 인생을 대표하는 캐릭터로 자주 접해온 낯익은 인물이다. 그러나 이 작품은 전체적으로 이기호의 예전 작품들과 많이 달라졌다는 느낌을 준다. 우선 눈에 띄는 변화는 패러디적인 어법으로 기존의 양식화된 언어적 권위를 맞받아치는 이기호 특유의 유머러스하고 장난기 어린 언어적 활기가 사라졌다는 점이다. 소설의 어법은 차분해졌고 인물들은 유순해졌다. 맷집 두둑한 날것의 생생한 입담 대신 무언가 억제되고 짓눌린 발성에 가까운 간결하고 단정한 문장들과 그 문장들 사이로 배어나오는 정체모를 공허와 무력감이 소설 전체를 뒤덮고 있다는 인상이 지배적이다. 그렇다면 이기호의 소설들은 이제 비주류의 어법이 지닌 도전적 활기를 버리고 기존의 소설 어법으로 투항하려는 것일까? 그게 아니라면, 이 작품이 보여주는 그 공허와 무력감의 정체는 뭘까?

『사과는 잘해요』는 소설을 읽는 내내 마치 안개 속을 헤쳐나가는 듯한, 혹은 난해한 수수께끼를 풀어나가는 듯한 기묘한 느낌을 주는 소설이다. 술술 잘 읽히는 이야기에도 불구하고 그 의미를 명료하게 이해하기는 쉽지 않다. 작품 속의 이야기를 알레고리적 환상으로 읽기에는 사실적이라는 느낌이 앞서고, 그렇다고 사실적인 상황으로 받아들이기에는 현실적 개연성이 희박해 보인다. 그래서 이 소설은 우리에게 마치 땅 위를 걸어가긴 하되, 발바닥이 땅으로부터 한 뼘 정도 떨어진 허공을 디디고 있는 듯, 환상도 현실도 아닌 모호한 공간을 배회하는 독특한 독서 체험을 제공한다. 환상이 현실을 벗어나려는 원심력과, 현실이 환상을 끌어당기는 구심력의 작용으로 만들어진 현실과 비현실의 이 독특한 반투명의 세계 속에서는 차라리 현실이 우화가 되고 우화가 현실처럼 여겨진다. 이 소설이 이처럼 현실의 희박한 공기로 채워져 있다는 것은 소설의 내부공간이 그만큼 다의적인 의미들을 함유하고 있음을 의미하는 것으로 이해할 수도 있을 것이다. 그 때문에 이 작품은 롤랑 바르트가 말한 '쓸 수 있는 텍스트'가 그렇듯, "그것으로 들어갈 수 있는 입구들은 다양하며, 그 가운데 어느 것도 주요하다고 확실하게 선언될 수 없"[1]는 해석의 개방성을 향해 열려 있는 공간처럼 보이기도 한다. 모호하게 떠도는 해석적 기표들을 하나의 중심으로 끌어들이는 사실주의적 재현의 강한 점착력 대신 이 소설은 그 내부에 기표들의 느슨한 풀림과 그 사이를 넘나드는 해석의 여백을, 혹은 해석의 공허를 품고 있는 듯하기 때문이다. 그러므로 지금부터 『사과는 잘해요』에 대해 내가 만들어 낼 공허한 말들의 집적물은 아마도 이 작품에 대해 독자들이 쓸 수 있는 수많은 텍스트들 가운데 하나에 지나지 않을 것이다.

## 2. 우리가 뭘 잘못할 걸까?

시봉이 작품의 주 인물로 등장하기는 하지만, 이 작품의 화자는 시봉이 아닌, 시봉의 친구 '나' 이다. 나와 시봉은 어린 시절 복지원에 맡겨진 후 삶의 모든 순간, 아니 보다 정확히 말하면 복지원이 그들에게 가한 폭력의 모든 순간을 함께한 친구다. 각기 따로 태어났지만 그들의 삶 속에 각인된 동일한 폭력의 순간들은 그들을 마치 후천적 쌍생아처럼, 혹은 자웅동체처럼 두 개의 몸을 지닌 하나의 영혼으로 만들어버린다. 그 때문에 이 소설은 각기 다른 개체적 존재로서의 경계가 모호한, 그리하여 각자가 서로에 대한 분신인 시봉과 내가 겪는 특이한 성장의 과정을 이야기하고 있는 작품으

---

1) 롤랑 바르트, 『S/Z』, 김웅권 역, 동문선, 2006, 14쪽

로 보이기도 한다. 그러나 폭력의 시간들을 함께 해왔을지라도 작품 속에서 이루어지는 성장의 서사는 시봉과 나에게 동시적으로 일어나는 사건이 아니다. 이 소설이 보여주는 것은 차라리 내가 시봉으로부터 분리되는 과정, 다시 말해 내가 나의 분신으로서의 시봉, 혹은 시봉의 분신으로서의 나라는 존재의 미분화 상태로부터 벗어나 독립된 '나'가 되어가는 어떤 탈각의 과정이라고 할 수 있을 듯하다. 시봉과 나의 이야기로 시작된 소설은 마침내 시봉이 사라진 나의 이야기로 마무리되는 것이다. 그 특이한 성장의 전말을 좀 더 자세히 들여다보자.

이미 말한 대로 공허와 무기력이 이 작품의 서사 전체를 지배하고 있는 주요한 정서적 코드라면, 그와 관련하여 우리의 특별한 주목을 끄는 것은 복지원이 나와 시봉에게 먹이고 있는 정체를 알 수 없는 알약과 복지사들이 그들에게 강요하는 죄의 자백이다. 약과, 죄는 두말할 것도 없이 복지원들이 그들을 관리하기 위한 효율적인 통치수단이다. "처음 알약을 먹었을 땐, 속이 좋지 않고 시소 위를 걷는 것처럼 어지러웠으나, 지금은 알약을 먹지 않으면 어지럽다. 그래서 시봉과 나는 늘 알약 먹는 시간을 기다렸다"라는 것, 그리하여 "복지사들이 저벅저벅 알약을 들고 방문 앞에 서면, 뒤꿈치를 들고 달려가 무릎을 꿇고 두 손을 내밀었다. 알약은 한 번도 목구멍에 걸리는 법 없이, 감쪽같이 몸 안으로 사라졌다"라는 것은 시봉과 내가 약의 효능에 이미 효과적으로 길들여졌음을 의미한다. 알약을 통해 "멀쩡한데 여기 갇혀 있는" 복지원의 삶에 대한 저항의 뇌관을 뿌리 뽑힌 그들은 탈출에의 의지 대신 '시설의 기둥들'이라는 자부심으로 복지원과 그들 자신의 삶을 동일화한다. 그들이 만들어낸 양말 포장지에 붙여진, 시설의 기둥답게 부동자세를 취하고 찍은 그들의 사진은 순응의 완전한 내면화라는 통치술의 효과가 완벽한 것이었음을 입증한다.

약에 길들여지는 만큼 그들은 또한 폭력에도 길들여진다. 흥미로운 것은 그들에게 폭행을 가하는 복지사들의 의상에 대해 서술하는 대목이다. "한명은 키가 작았고, 한 명은 키가 컸다. 키가 작은 쪽은 늘 의사들이 입는 흰 가운을 걸치고 다녔고, 키가 큰 쪽은 청바지에 군화를 신고 다녔다"라는 구절은 이들의 의상을 이들의 정체성을 나타내는 상징적 표지로 해석하고 싶은 유혹을 불러일으킨다. 의사 가운과 군화, 그것은 곧 약, 혹은 위생과 폭력의 상관물이 아니겠는가? 질펀한 폭력 후에 정성스럽게 머리를 정돈하고 폭력의 흔적을 지우듯 자신의 몸에 프리지어 스프레이를 뿌리는 복지사들과, 폭력의 희생자인 시봉과 나에게 위로처럼 주어지는 알약. 그렇다면 말끔하게 정돈된 머리와 프리지어 향기로 스스로를 위장한 폭력, 날것의 폭력보다 더 섬뜩한 그것은 어쩌면 문명의 가면인 교양과 위생 뒤에 감춰진 문명의 맨얼굴을 나타내는 것이 아닐까? 그리하여 이 소설은, 알약과 위생과 폭력으로 이루어진 삼각형의 감옥 속에 시봉과 내가 스스로를 '시설의 기둥들'로 자부

하는 복지원의 삶이 놓여 있다, 라고 말하고 있는 것은 아닐까? 이런 의미로 본다면 이 작품에서 복지원은 우리가 살고 있는 세계에 대한 매우 흥미로운 알레고리적 공간이 되어버린다.

폭력이 스스로를 은폐하기 위해 필요로 하는 것은 알약과 위생만이 아니다. 더 근원적인 것은 폭력이 폭력을 감추기 위해 스스로를 정당화할 수단, 즉 폭력의 명분이다. 두 명의 복지사가 찾아낸 폭력의 명분은 바로 죄의 자백이다. 시봉과 나에게 폭력을 가할 때마다 복지사들은 그들에게 죄의 자백을 강요한다. 그들은 시봉과 나에게 "네가 뭘 잘못했는지 알아?"라는 물음, 혹은 "네 죄가 뭔지 아냐고?"라는 물음을 던짐으로써 그들의 폭력을 폭력이 아닌 죄에 대한 징벌의 형식으로 바꾸어놓는다. 이 물음에 대한 시봉과 나의 답변은 "우리가 뭘 잘못한 걸까?"라는 또 다른 물음이다. 그들은 스스로의 죄에 대해 생각해보지만, "무언가 분명 큰 죄를 지은 것 같기는 한데, 그것이 무엇인지 도통 생각이 나질 않"는다. 그리하여 그들은 카프카의 소설 속에 등장하는 요제프 K가 직면했던 상황, 다시 말해 자신의 죄가 무엇인지도 모른 채 죄를 인정하고 자백해야만 하는 상황에 이른다. 그러나 죄에 대한 징벌을 모면하기 위해 죄를 찾아다녀야 하는 아이러니한 상황은 시봉과 나를 극도의 혼란상태에 빠뜨린다. 그들이 죄를 자백하든 자백하지 않든 징벌을 피할 수 없기 때문이다. 그럼에도 불구하고 그들은 "우리의 죄가 무엇인지 알 수 없어, 언제나 고백부터 먼저 해야 했다". 징벌이 그것을 요구하기 때문이다. 다음 구절을 보자.

> 1주일 내내 죄를 고백하다가, 하루는 시봉이나 나나 더 이상 죄가 생각나지 않아 아무런 말도 하지 못했던 적이 있었다. 그 날 복지사들은 하루 종일 우리를 끌고 다니면서 허리띠로 우리의 가슴과 등과 허리를 내리쳤다. 그들은 우리가 '더 더 큰 죄'를 지었기 때문에, 그래서 말을 못하는 것이라고 말했다. 빨리 그것을 말하라고 소리쳤다. 하지만, 우리는 정말 아무런 생각도 나지 않았다. 복지사들에게 허리띠로 얻어맞아 더 생각이 나지 않았다. 그래서 우리는 계속 맞기만 했다.

여기서 복지사들이 요구하는 것은 죄가 아니라 죄의 자백이다. 그들에게 필요한 것은 죄 자체가 아니라, 죄를 인정함으로써 징벌을 정당화해줄 징벌의 명분이기 때문이다. 따라서 복지사들에게 자신의 무죄를 주장하는 것은 무엇보다 결정적인 징벌의 사유가 된다. 그러나 "우리는 우리의 죄를 고백한 다음, 그다음 반드시 죄를 지었다. 고백한 내용이 하루 종일 머릿속을 맴돌아, 마음이 불편했기 때문이다"라는 것은 시봉과 나를, 징벌이 자백을 요구하고 자백이 죄를 요구하는 전도된 상황 속으로 몰고 간다. 마치 병원이라는 제도가 유지되기 위해 끊임없이 환자가 필요하듯, 징벌의 권력을 유지하기 위해 끊임없이 죄가 저질러져야(혹은 없는 죄라도 만들어내야) 하는 식이다. 따라서 징벌이 죄를 요구하는 전도된 상황이란 이 세계에 존재한다는 것 자체를 피할 수 없는 죄의 형식으로 만들어버린다. 마치 요제프 K가 직면했던 상황처럼, 혹은 작품 속에서 복지사가 내뱉은 말처럼 "너희들은 이제 살아 있는 것 자체가 죄"인 상황이 되어버리는 것이다.


### 3. 사과를 대신 해드립니다

　복지원의 원생들이 늘어나자 바빠진 복지사들은 시봉과 나에게 "원생들을 대신해 복지사들에게 사과하"는 새로운 임무를 떠맡긴다. 자신들의 죄를 자백하는 대신 원생들의 죄를 대신 자백해주고 대신 징벌을 받는 임무를 부여받게 된 것이다. '사과'란 무엇인가? 그것은 "사과를 하게 되면, 그것은 곧장 죄가"된다는 것, 다시 말해 잘못을 인정하고 죄를 자백하는 또 다른 형식이다. 그러나 어떤 의미에서 이것은 외부로부터 강요된 징벌이 아닌 스스로 자신의 잘못을 인정하고 용서를 비는 자발적인 고백의 형식이라는 점에서 징벌의 보다 진화된 형식이라고 할 수도 있을 것이다. 그러므로 시봉과 내가 자신들에게 주어진 새로운 임무를 충실하게 수행하기 위해서는 잘못을 저지른 원생들을 부지런히 찾아다녀야 한다. 이제 그들은 자신의 죄가 아니라 타인들의 죄를 찾아다녀야 하는 상황에 직면하게 된 것이다. 처음에는 완강하게 죄 없음을 주장하던 원생들 역시 그들에게 가해지는 구타를 피하기 위해 자신들의 죄를 만들어내는 데 동의한다. 심지어 죄를 만들어달라고 애원하는 원생들까지 생겨난다. 그러나 이 세상에 지어낼 수 있는 "죄는 많고도 많"은데, 무엇이 걱정이겠는가? 한 가지 흥미로운 것은 시봉과 내가 자신들의 죄를 자백할 때 가해지는 폭력과 타인들의 죄를 대신 사과할 때 가해지는 폭력에 대응하는 정서적 반응의 차이다. 그들 자신의 죄를 자백했을 때 가해졌던 폭력은, 시봉에게 가해지는 무자비한 폭력 덕분에 "나는 거의 맞지 않았"으며, "그 점에 대해선 지금도 시봉에게 고마운 마음을 갖고 있다"거나, "나는 시봉이 내일도 또 많이 맞겠구나, 생각"하면서 "그건 어쨌든 내겐 또 한번 고마운 일이"라는 나의 고백이 말해주듯, 시봉과 나 사이에 미세한 정서적 균열을 만들어낸다. 그러나 징벌의 폭력을 피하기 위해 자신들의 죄를 자백하던 시봉과 나는 원생들의 죄를 대신 자백해주게 되면서부터 그들 스스로 복지사에게 자발적인 징벌을 요구하게 된다. 복지사가 그들의 뺨을 때리자 "바로 그거예요! 우리를 더 때려주세요! 그래야 대신 사과가 되지요!"라고 외치는 그들에게 복지사들이 휘두르는 폭력은 더 이상 징벌로써의 효력을 지니지 못한다. 이어지는 문장들을 읽어 보자.

시봉과 나는 사무실 바닥 이쪽저쪽으로 굴러다니며 복지사들에게 매를 맞았다. 허리띠로도 맞았고, 군홧발로도 맞았고, 지휘봉으로도 맞았고, 주먹으로도 맞았다. 맞는 도중, 시봉과 나는 서로 눈이 마주치기도 했다. 그때마다 우리는 살짝, 복지사들 모르게 이를 드러내고 웃었다. 아마 시봉도 나와 똑같은 기분이었을 것이다. 마음이 편하고, 또 한편 우쭐하기까지 한, 비로소 반장이 된 것 같은 기분.

이 구절에서 나와 시봉은 스스로 징벌을 요구할 뿐 아니라 구타를 당하면서도 "살짝, 복지사들 모르게 이를 드러내고 웃"기까지 한다. 또한 구타를 당하는 동안 그들은 "마음이 편하고, 또 한편 우쭐하기까지 한, 비로소 반장이 된 것 같은 기분"을 느낌으로써 복지사들의 징벌로부터 그 징벌의 권위와 명분을 무력화해버린다. 특히 "아마 시봉도 나와 똑같은 기분이었을 것이다"라는 문장이 보여주듯, 타인들의 죄에 대한 사과의 대가로 그들에게 가해지는 폭력은 자신들의 죄를 자백할 때 가해지는 폭력과 달리 그들의 정서적 결속을 강화하는 역할을 한다.

그러나 이와 같은 자발적 징벌이 그들에게 부여하는 정서적 희열과 결속은 타인의 죄를 대속한다는 자기희생의 도덕적 충족감과 그리 먼 거리에 있는 것은 아닐 것이다. 문제는 타인의 사과를 대신해주기 위해서는 계속 타인의 죄를 들추어내고 자백을 받는 과정을 거쳐야 한다는 것이다. 설령 그것이 자기희생의 열정으로부터 출발한 것이라고 해도 "선에 대한 지나친 집착은 그 자체로 대단한 악이 될 수도 있다"[2]라는 지적의 말처럼, 자기반성이 결여된 선善의 의지는 언제든 맹목의 독선獨善으로 변질된 가능성이 존재한다. 타인의 죄를 대속하려는 시봉과 나의 선의가 결국은 두 사람의 복지원 원생을 자살로 유도하는 계기가 된다는 것도 그렇지만, 복지원을 나온 그들이 "이제부터 남들 대신 사과를 해주고 돈을 벌 작정"을 한 이후에 벌어지는 상황은 더 괴이하고 부조리하다. 사과를 대신해주는 사업의 첫 번째 손님으로 둘도 없는 친구 사이인 과일 가게 주인과 정육점 주인을 선택한 그들은 두 사람의 사과를 받아내기 위해 날마다 두 사람의 죄를 추궁하기 시작한다. 시봉과 내가 추궁하는 죄목이란 "배드민턴공을 높이 띄운 것", "도시락 반찬을 두 번 더 집어 먹은 것", "캔맥주를 더 빨리 마신 것" 등, 요컨대 무심코 행해지는 일상의 모든 행위들이다. 특히 "아저씨가 생각하는 거, 모두가 다 죄가 될 수 있"으며, "죄는요, 사실 아저씨하곤 아무 상관없는 거거든요"라는 그들의 말, 다시 말해 당신의 모든 것이 죄가 될 수 있지만, 사실 당신은 죄와 아무 상관없다는 말 속에는 죄의 어떤 본질적 의미가 내포되어 있는 것으로 보인다. 당신의 의지와 상관없이 당신이 이 세상에 살아 있다는 것 자체가 죄라는, 그 때문에 당신이 살아 있다는 그 죄를 사과하고 징벌받기 위해서는

---

2) 슬라보예 지젝, 『이데올로기라는 숭고한 대상』, 이수련 역, 인간사랑, 2001, 58쪽

끊임없이 죄를 짓고, 혹은 죄를 짓지 않더라도 죄를 자백하는 행위를 계속해야 한다는, 복지원에서 그들이 배웠던 예의 그 전도된 상황의 논리 말이다. 복지원을 나온 후 그들은 스스로 또 다른 복지사가 되어 과일가게 주인과 정육점 주인에게 집요하게 죄와 죄의 자백을 권유하는 상황이 벌어지고, 마침내 죄는 두 가게 주인의 일거수일투족을 지배하게 된다. 그 결과 두 사람의 관계는 격렬한 싸움 끝에 돌이킬 수 없는 파국의 상태로 치닫게 되는 것이다.


### 4. 집으로 가는 길은 어디인가?


그렇다면 무엇이 문제인가? 살아 있다는 이 피할 수 없는 죄는 어디로부터 오는가? 질문을 보다 분명히 하자. 살아 있음을 피할 수 없는 죄로 명명한 그 징벌의 주체는 누구인가? 징벌이라는 이름 뒤에 감춰진 것, 그것은 "이 제도가 죄지요"[3]라는 카프카 작품 속의 한 구절대로, 제도라는 이름으로 저질러지는 거대한 죄일지도 모른다. 이 작품을 위해 작가가 실제로 카프카의 작품으로부터 어떤 발상을 얻어왔는지는 모르겠지만, 작품을 읽는 동안 종종 카프카 작품의 편린들이 어른대는 듯한 느낌을 받게 되는 것은 사실이다. 복

---

3) 프란츠 카프카, 『심판』, 김정진 역, 동서문화사, 1975, 374쪽

지사들에게 구타를 당하지 않기 위해 시봉이 생각해낸 '개새끼들'이라는 욕설 또한 죽는 순간 요제프 K가 내뱉은 말을 그대로 연상시킨다. 『심판』에서 요제프 K의 죽음 후에 남겨진 것은 모욕이다. 세계로부터 죄인으로 명명된 채 피의자로 살아가는 존재의 피할 수 없는 모욕. 그러나 시봉은 오로지 복지사들의 구타를 피하기 위해 죄가 되는지 안 되는지도 모른 채 그들을 "개새끼들"이라고 욕했다고 자신의 죄를 처음으로 거짓 자백한다. 그 자백 때문에 가까스로 구타를 면한 시봉은 그제서야 비로소 "개새끼들"이라는 욕설을 혼잣말로 내뱉는다. 요제프 K에게 "개새끼들"이 존재의 근원적인 모욕을 명명하는 기호라면, 시봉에게 그것은 거짓 자백을 위해 스스로 생각해낸 죄의 기호일 뿐이다. 그리고 그는 거짓 자백 후 진짜로 "개새끼들"이라는 욕설을 내뱉음으로써 그 스스로 자신의 죄를 승인한다.

모욕과 승인 사이에는 죄를 받아들이는 어떤 본질적인 태도의 차이가 존재한다. 어느 날 아침 자신이 체포되었다는 사실을 알게 된 요제프 K는 세계로부터 명명된 자신의 죄라는 그 불가사의한 의문의 실체를 찾아 헤맨다. 그러나 시봉과 나는 그들 스스로 복지사들에게 자백할 죄를 찾아 헤맨다. 따라서 시봉과 나에게 죄는 의문의 대상이 아니라 그들이 맹목적으로 좇아야 할 당위의 현실이다. 복지원이 주기적으로 그들에게 먹여왔던 알약은 그들의 삶으로부터 의문의 뇌관을 제거해버린 채 완전한 복종, 완전한 존재의 무기력 상태만을 남겨놓는다. 복지원 원장의 일기에서 그들이 계속 '아이들'이라는 이름으로 불리는 것은 복지원이 통치의 효율성을 위해 그들을 계속 정신적인 미성숙 상태에 가둬왔음을 의미한다. 복지원에 있는 동안 시봉과 나는 성장이 멈춘 아이들의 세계 속에서 살아왔던 것이다. 자신들이 시설의 기둥들이라고 믿고, 복지사들이 그들에게 부여한 반장이라는 권위에 우쭐해하며, 복지원에서 배웠던 사과의 기술을 복지원 바깥의 세계에서 완벽하게 재현해내는 행위들은 그들의 영혼이 외부세계를 천진난만하게 복기해내는 아이들의 그것에 머물러 있음을 말해준다. 뿐만 아니라 마치 어린 아이들의 그것처럼 단편적인 어휘들로 이어지는 대사들이나 유아적인 단순함과 무지를 가장한 듯한 어리숙하고 순진한 소설의 어법은 의문과 저항의 뇌관을 상실한 시봉과 나의 미성숙한 영혼, 혹은 무언가에 짓눌린 듯한 영혼의 무기력 상태를 독특한 언어적 질감으로 재현해낸다. 그 때문에 주로 단문장들로 구성된 이 소설의 유순하고 순진한 언어의 내부에는 어떤 발설되지 못한 공포가, 혹은 벗어날 수 없는 무력감이 커다란 공허처럼 자리잡고 있다는 느낌을 지울 수가 없다. 자기 자신의 의지가 아닌, 자신을 둘러싼 세계의 의지를 아무런 의문 없이 복기해내는 것으로서의 삶, 애초부터 어떠한 주체적 의지도 기획도 불가능한 삶의 무기력과 공허가 시봉과 나의 삶 전체를 지배하고 있다는 것은 이 소설이 우리에게 이 세계를 살아간다는 자체의 무기력과 공허에 대한 보다 근원적인 질문을 던지고 있음을 의미하는 것이 아닐까?

나는 앞에서 『사과는 잘해요』가 현실과 현실로부터 한 뼘 정도의
거리를 둔 환상을 버무려놓은 듯한, 그래서 소설이 보여주는 세계
가 마치 반투명의 뿌연 연무로 둘러싸여 있는 듯한 모호한 느낌을
주는 소설이라고 말한 바 있다. 그러나 현실과 환상의 경계란 무엇
인가? 현실이 현실로 믿어지는 어떤 것이라면, 그 믿음은 현실인
가, 환상인가? 또한 이 소설이 작가의 말대로 현실의 이면을 뒤집
어보려는 의도로 쓰여진 것이라면, 현실의 이면 또는 배후에 있는
것은 현실인가, 환상인가? 현실을 현실이게 하는 것이 실체가 아닌
개연성의 문제라면, 개연성이야말로 현실을 떠받치고 있는 하나의
환상이라고 할 수는 없는 것인가? 『사과는 잘해요』가 보여주는 현
실과 한 뼘의 간격을 두고 있는 우화의 세계는 현실이 우화가 되고
우화가 현실처럼 여겨지는 세계이다. 그래서 복지원에서 복지원 바
깥세상으로 이어지는 시봉과 나의 기이한 편력담은 현실이 얼마나
비현실다운가, 또 비현실은 얼마나 현실적인가를 보여주는 하나의
표본적 사례처럼 여겨지기도 한다.

　그렇다면 시설원생이 된 순간 아이들의 세계에 갇혀버린 시봉과
나의 성장은 어떻게 시작되는가? 먼저 내가 복지원에 들어오게 된
첫날로 돌아가보자. 아버지에 의해 복지원에 맡겨진 나는 복지원
원장실에서 나온 아버지로부터 "역시 정상이 아니었군요. 정상이
아니었어요!"라는 말을 듣게 된다. "그리고 그날 이후, 나는 정말
정상이 아닌 사람이 되어버"린다. 아버지로부터 정상이 아닌 사람

으로 명명되는 순간, 그리하여 내가 "아버지의 얼굴도, 엄마의 얼굴도, 우리 집도, 내가 몇 살인지도, 아무것도 기억하지 못하는 시설 원생"이 되어버리는 순간, 나의 성장은 멈추어버리는 것이다. 그러므로 나에게 성장의 진정한 의미는 자신의 상실된 기원으로서의 아버지를 찾아다니는 지점으로부터 시작된다. 여기서 흥미로운 것은 그가 그를 복지원으로 밀어넣은 아버지, 그를 비정상적인 존재로 호명함으로써 비정상적인 존재로 만들어버린 아버지의 정체와 그의 죽음을 확인하는 과정이 시봉의 실종과 동시에 일어나는 사건으로 서술되고 있다는 점이다. 어느 날 시봉과 나는 이런 말을 주고받는다.

"나중에 혹시 나한테 사과하고 싶은 마음이 생기면 말이야."
"그러면?"
"그냥 너한테 해."
"나한테? 너한테 할 사과를?"
"응."
"왜?"
"뭐, 내 대신 네가 받아도 되니까."

내가 그에게 저지른 잘못을 그가 아닌 내 자신에게 사과하라는 시봉의 말을 듣는 순간 나는 "계속 시봉에게 죄를 짓고 싶어"지고, "죄를 짓기로 마음 먹"는다. 나는 그들을 죽이겠다고 위협하는 복지사들의 손아귀에 시봉을 맡긴 채 혼자서 복지원의 세계를 탈출하는 것이다. 자신에게 저지른 죄와 그 죄에 대한 사과의 권한 모두를 나에게 위임한다는 시봉의 말은 어쩌면 나에게 징벌의 두려움에 의해 강제된 죄가 아니라 자기 자신의 의지로 죄를 저지르고 싶은 욕망을 불러일으킨 최초의 사건은 아니었을까? 말하자면 바로 자기 자신이 자신의 죄와 징벌의 주인이 되는 사건 말이다. 뿐만 아니라 타인에게 저지른 죄를 자신에게 사과한다는 것은 죄에 대한 강제적 징벌이 아닌 자발적 반성이라는 의미를 담고 있는 것이 아니겠는가? 따라서 시봉의 말은 내가, 앞서 말한 대로 후천적 쌍생아처럼 각자가 서로에 대해 분신인 시봉의 탈을 벗고 독자적인 나로 거듭나는 성장의 중요한 계기가 된다. 죽어가는 나의 분신인 시봉을 복지사들에게 맡긴 채 탈출한 내가 "시봉이가 저 대신 모두 사과했거든요. 제 몫까지 다요"라고 말하는 것, 다시 말해 시봉이 내 몫의 사과를 다 해버렸기 때문에 나에겐 더 이상 죄를 자백할 의무가 없어졌다는 것은 내가 시봉의 실종, 혹은 죽음을 통해 복지사들이 강요한 징벌과 자백의 의무로부터 자유로워졌음을, 그리하여 마침내는 징벌과 죄의 전도된 세계로부터 벗어나게 되었음을 의미하는 것으로 볼 수 있다. 이런 의미에서 시봉은 나에게 성장을 위해 벗어버려야 할 일종의 유아적 분신과도 같은 존재라고 할 수 있을 것이다.

이처럼 시봉이라는 분신을 벗어버리고 복지원의 세계와 결별한 나에게 성장의 또 다른 계기가 되어주는 것은 나의 삶 속에서 일어난 최초의 사건, 바로 한 여자를 사랑하게 된 일이다. 죄에 대한 탐구의 마지막 결말로 이 작품은 죽음과 모욕 대신 성장과 사랑을 선택하는 것이다. 그럼에도 불구하고 이 작품이 제시하는 결말의 전망은, 다음에 인용된 작품의 마지막 구절이 보여주듯 여전히 암울하다. 나는 다량의 알약을 먹고 의식을 잃었던 시봉의 여동생 시연을 등에 업고 집으로 가기 위해 병원을 나서지만, 내가 걸어가는 곳은 여전히 아무리 멀리 가도 어디선가 병원의 크고 작은 십자가가 그들을 내려다보는, 집으로 돌아갈 길을 알 수 없는 거대한 수수께끼 같은 세계이다.

나는 계속 걸어갔다. 시연은 말없이 다시 내 등에 뺨을 갖다 댔다. 나는 집으로 가는 길이 어디인지 알 수 없었다. 그래도 나는 멈추지 않고 계속 걸었다. 나는 잠깐 뒤돌아, 병원의 파란색 십자가 네온사인을 바라보았다. 멀리 왔다고 생각했지만, 아직도 병원의 십자가는 높은 곳에서, 가까운 곳에서, 우리를 내려다보고 있었다.
나는 말없이 고개를 돌렸다.

나와 시연은 과연, 이 수수께끼 같은 암울한 세계를 헤치고 집으로 돌아가는 길을 찾을 수 있을까?

박혜경(문학평론가)

# 사과는 잘해요

지은이  이기호
펴낸이  김영정

초판 1쇄 펴낸날  2009년 11월 12일
초판 9쇄 펴낸날  2020년 5월 29일

펴낸곳 (주)**현대문학**
등록번호  제1-452호
주소  06532 서울시 서초구 신반포로 321(잠원동, 미래엔)
전화  02-2017-0280
팩스  02-516-5433
홈페이지  www.hdmh.co.kr

© 2009, 현대문학

ISBN 978-89-7275-450-3 03810

• 책값은 뒤표지에 있습니다.